태
손
땅

문무병

1993년 제주대학교 대학원에서 문학박사 학위를 취득했으며, 국어 교사와 제주교육박물관 연구사 등으로 재직했다. 부산대학교 예술대학에서 15년간 민속학 강의를 했다. 제주4·3연구소 이사장을 역임했으며, 현재 신화연구소 소장, 제주전통문화연구소 이사장, 민족미학연구소 이사 등을 맡고 있다.

저서로는 『제주의 무속신화』(1999), 『제주도 큰굿 자료집』(2001), 『제주 민속극(2003)』, 『바람의 축제, 칠머리당 영등굿』(2005), 『제주도의 굿춤』(2005), 『제주도 본향당 신앙과 본풀이』(2008), 『설문대할망 손가락』(2017), 『두 하늘 이야기』(2017), 『미여지뱅뒤에 서서』(2018), 『제주큰굿 연구』(2018), 『제주큰굿 자료집 1』(2019), 『제주의 성숲 당올레 111』(2020) 등이 있다.

태순땅

2022년 11월 30일 초판 1쇄 발행

지은이　문무병
펴낸이　김영훈
편집　김지희
디자인　나무늘보, 이은아, 최효정
펴낸곳　한그루
　　　　출판등록 제6510000251002008000003호
　　　　제주특별자치도 제주시 복지로1길 21
　　　　전화 064-723-7580　전송 064-753-7580
　　　　전자우편 onetreebook@daum.net　누리방 onetreebook.com

ISBN 979-11-6867-056-3　03810

값 15,000원

문무병 에세이

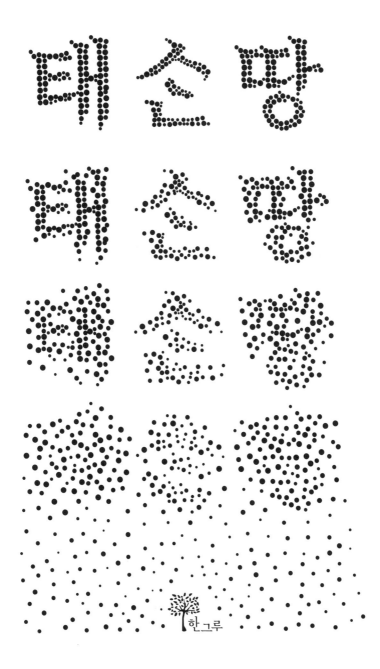

한그루

'태손땅'은 나의 태를
태워 묻은 땅

나의 '태손땅', 어머니가 내 탯줄 태워 작은 항아리에 담고,
동새벽에 어머니만 아는 삼도전거리(세거리) 비밀스러운 곳에
묻어둔 땅.
'태손 약'은 태를 태운 재다.
피부병에 걸린 아이에게 발라주면 직통으로 낫는다는 '태손 약'
태를 태운 재를 묻은 땅이라는 나의 '태손 땅'을
나의 뿌리를 내린 땅이라는 '본향(本鄕)'이라 한다.
육지 사람들이 말하는 고향, 내가 뿌리를 내린 땅 본향은
제주시 동문 밖 건들개(건입동健立洞)이다.
제주의 토종 원주민 문(文) 아무개는
문학과 낭만, 제주 신화를 통해 여러분을 만났고,

앞으로 남은 시간을 함께 사랑하며 같이 살아가야 할 친구로
여러분과 나에게 희망의 메시지를 띄워본다.
어둠을 뚫어야 빛이 들고, 물꼬를 찾아야 우물을 파듯이
신화는 하늘과 땅, 신과 인간 세상을 급가르는 이야기이므로
제주가 우리에게 일깨워 주는 신화의 의미
그 크고 작은 틈을 구분하고 정리해 나가는 일이
'태손땅'을 지켜나갈 우리의 일이라 생각하며
너무 펼치진 말고 필요한 만큼만 열어 나가며
설문대할망의 자손 우리, 원주민과 이주민이 모두 하나 되어,
탐라 제주에 광명의 새 세상을 만들어봅시다.

- 2022년 겨울, 영등바람 올림

2

**마지막
문서연락병**

3

**남양여인숙
으로부터**

1부

미여지뱅뒤의
나비

이승과 저승의
중간,
나비 한 마리가
내 곁을 맴돌며
떠나지 않았다.

중문동
'드람지궤당'의
동굴제

나의 산문집이 나온다. 삼 년 전에 계획했던 산문집이 이제야 나온다.

산문집의 첫머리로 서귀포시 중문동 본향당 '드람지궤당'의 동굴제를 소개하고 싶었다.

드람지궤당은 정월 보름 신과세제, 팔월 보름 추석 마불림제를 하는 신당이다. 신당이 동굴이어서 '으시록ᄒ고'(되바라지거나 번화롭지 않아 구석지고 조용하다는 의미) '감추어진 듯하여' 은근하게 품위가 있는 10여 평의 궤(굴) 주위에는 신목과 오솔길, 천연 생수를 저장한 깊은 물이 신당의 성숲을 이루고 있다.

관광지에서는 볼 수 없는 아름답고 조용한 본향당, 비록 심방과 단골이 돌아가신 폐당이지만 나는 그 폐허도 그냥 두기 아쉬웠다. '드람지궤당'의 동굴제의를 기억하기 위하여 제목만 있어도 시가 될 것 같은 동굴, 사연이 쌓여 있고 시의 감성이 살아 있는 그곳을 다시 기억하고 싶었다. 그렇게 내 산문집의 처음에 두고 싶었던 '드람지궤당의 동굴제의' 이야기는 오래전 KAL의 기내 잡지인 모닝캄에 실리기도 했다.

70년대 초 당시, 비행기는 KAL밖에 없었다. 비행기를 타야 볼 수 있었던 모닝캄은 세계의 가볼 만한 명소와 유명한 사람, 명품, 그리고 명승지를 사진과 글로 소개하는 인기 높은 잡지였다.

비행기는 제주 사람 문 아무개의 산문 '중문동 본향당 드람지궤당의 동굴제의'를 싣고 세계를 날았다.

"비행기 타고 외국 갔다 왔수가?"

"서울밖에 안 갔다 왔저."

"모닝캄에 형님 아니면 쓸 수 없는 본향당 글이 실려 이십다. 정말 잘 쓴 산문입다. 짧은디도 눈에 쏙 들어오는."

"제목만 쓰난 끝나부런. 시도 아니고 산문도 아니고⋯."

그렇게 나의 글은 비행기를 타고 날아다니며 소문이 되었다.

그 시 아닌 시가 나의 산문집 첫 장에 실린다.

쓰고 싶어도 쓸 수 없는 시(詩)도 있구나. 삼류니까.
삼류가 쓰는 시는 굿시(goot poet 좋은 시),
제주 심방의 말명(말미)으로 쓴 시,
길어도 좋은, 영혼을 울리는 '영게울림'
비새[悲鳥]의 눈물 같은 서사 운문신데
끝나지 않았으니
마침표는 가슴에 적어 둔다.

중문동 본향
드람지궤당의 동굴제

　드람지궤당은 중문동 천제교 다리 남쪽, 백구교 다리 아래 있다. 하천 쪽으로 내려오면, 당으로 이어지는 당올레 계단이 만들어져 있다. 자연적으로 만들어진 동굴 안이 당이다.

　태풍 때 굴 안쪽까지 물이 들어서 쓰레기들이 굴 안에 가득 쌓여 있다. 굴 안쪽 정면에 길게 제단을 만들고 있다. 제단 위에는 지전물색을 걸었던 줄이 그대로 매달려 있다. 제단 오른쪽에 시멘트로 작은 석실을 짓고, 가운데 작은 구멍을 만들었다.

　'드람지궤'에서 약간 떨어진 비탈 언덕에 있는 후박나무에 지전물색이 걸려 있다. 나무 뒤의 바위에 작은 굴이 있고, 그 옆으로 시멘트로 만든 작은 구조물이 있는데 한쪽이 부서져 있다. 임시로 제를 올리는 곳으로 보인다.

　이 당에는 중문이하로산(山神), 진궁하늘 진궁부인(産育·農耕神), 아기씨(治病神), 요왕또(治病神) 등 4위를 모시고 있으며, 관복 1벌과 여복 3벌을 준비해서 간다. '드람지궤당'은 정월 보름의 '신과세제'를 '선굿(立巫)'으로 하고, 팔월 보름의 '마불림제'는 '앉은제'로 올린다.

　정월 대보름날의 선굿은 심방이 3~4명의 소무(악사)를 데리고 서서 하는 규모가 큰 굿이며, 당신이 밥도 장군, 힘도 장군인 장수이므로 본향당신을 청하여, 마을의 도액을 막고, 마을의 화재를 막고, 귤의 수확과 나락(벼)의 수확을 잘 되게 해 달라고 비는 마을굿이다.

　앉은제는 추석 명절이 끝난 뒤 단골 신앙민들이 모여 제단에 제물을 차려 놓으면, 심방은 앉아서 요령을 흔들며 간단하게 제를 드린다. 이 앉은제로 올리는 '추석 마불림제'는 단골 신앙민들의 산(算)을 받아 신수를 점치고 액을 막는 추수감사를 겸한 의례이다. 이때는 굴 밖에 있는 작은 슬레이트집에서 신의 옷들을 꺼내어 마(곰팡이)를 불린다(말린다). '마를 불린다'는 뜻의 '마불림제'는 신의 청소제이기도 하다. 습기에 찬 신의 옷들을 말리고, 마을의 설촌 조상인 당신에게 가을 햇곡식을 거두어들인 감사의 제를 드리는 것이다.

- 《제주신당조사-서귀포시권》, (사)제주전통문화연구소, 2009.

ᄃᆞ람지궤당의 당굿(출처:《제주도 본향당 신앙과 본풀이》, 문무병, 2008, 민속원.)

중문동 ᄃᆞ람지궤당

아름답고 조용한 본향당

제목만 있어도 시가 될 것 같은 곳

나의 글은 비행기를 타고 날아다니며 소문이 되었다

그 시 아닌 시가 나의 산문집 첫 장에 실린다

「중문동 '드람지궤당'의
동굴제」 중에서

한류의 배꼽,
제주 신화

제주 신화에는 아직 밝혀지지 않은 한류의 역사가 남아 있고, 북두칠성의 별자리를 향해 소원을 빌던 고조선 시대의 하늘굿[天祭]이 전승되고 있다. 바로 15일 동안 이어지는 제주 큰굿이다.

　제주 큰굿 초감제에 의하면, 태초에 세상은 '왁왁한 어둠', 바로 혼돈(混沌)이었다. 캄캄한 암흑은 하늘과 땅으로 금이 생겨 갈라지기 시작했다. 이때 하늘에서는 청이슬이 내리고, 땅에서는 흑이슬이 솟아났다. 하늘의 푸른 물과 땅의 검은 물이 서로 합수되어 음양이 통하자 만물이 생겨나고, 세상은 물에 의해 만들어졌다. 그리고 큰굿의 초감제 15성인(聖人) 도업에서 신화가 그리고 있는 인간 세상 이야기에는 우리 한류의 잃어버린 역사가 그려져 있다.

"천황씨(天皇氏)가 하늘을 열고, 지황씨(地皇氏)는 땅을 열고, 인황씨(人皇氏)가 인간 세상을 여니, 이어서 수인씨(燧人氏)는 나무를 세워서 집을 짓는 법 가르치고, 유소씨는 나무를 깨어 불을 얻는 법, 여와씨(女媧氏)는 옷을 지어 입는 법을 마련하였습니다. 뒤에 태호복희씨(太昊伏羲氏)는 팔괘를(八卦) 그려 태극기를 만들었고, 그물을 놓아 사냥하는 법을 마련했으며, 염제신농씨(炎帝神農氏)는 따비와 쟁기를 만들어 농사(農事) 짓는 법을 가르쳤으며, 백 가지 풀을 맛보아 약초를 찾아냈고, 황제헌원씨(黃帝軒轅氏)는 방패(防牌)를 만들어 싸움을 막고, 활을 만들어 난리(亂離)를 막고, 배를 지어 바다를 넘나들게 하였습니다."

여기서 습득하는 삼황오제 이야기는 중국의 신화가 아니라 바로 환국-배달-고조선으로 이어온 잃어버린 한류 9,000년의 역사다. 이 흐름이 제주의 창세신화로 전승되는 것이다.

자기가 태어난 고향을 제주 사람은 본향(本鄉)이라 한다. 내가 태어난 고향이 본향(本鄉)인 것은 자기의 '탯줄을 태워 묻어둔 땅', 태 사른 땅(태슨땅)이란 의미다. 탯줄은 어머니와 아이의 인연의 줄이자 생명의 '삼줄'이며 어머니의 태반에서 아이에게 영양을 공급해주던 '새끼줄'이다. 예로부터 제주의 어머니들은 아기가 태어나면 '아기의 탯줄[胎]을 태운 검정'을 항아리에 담아두고 약으로 썼다. 이 항아리는 탯줄처럼 세 줄로 감겨

있는 '삼도전거리', 세 갈랫길이 만나는 길에, 어머니만 기억하
는 비밀한 곳에 새벽녘에 묻어두었다. 아이가 피부병에 걸리
면, 태를 태웠던 검정을 가져와 아픈 부위에 발라 주었다. 그것
은 태(胎)의 원초적인 생명력과 생명의 뿌리를 저장하고 있는
땅이 지닌 생명의 복원력으로 병든 아이의 피부를 소생시킨다
는 영적인 주술이며 치료였다.

　　그러므로 제주 사람들은 이 땅에 근거를 두고 사는 아이
들에게 자기가 태어난 땅, 고향은 바로 탯줄을 태워 묻어둔 땅,
'태 사른 땅(태손땅)', 뿌리를 내린 땅, 본향(本鄕)이라 가르쳤던
것이다. 본향은 대지의 배꼽이다. 어머니와 아이를 이어주는
새끼줄, 하늘과 땅과 어머니와 아이를 이어주는 대지의 탯줄
이며, 속화된 인간의 땅에 마련된 하나님과 영적인 교류가 가
능한 거룩한 장소[聖所]인 것이다.

　　제주도 굿의 초감제 '본향듦'에서 마을을 지키는 본향당
신은 큰 화살을 들고 사냥을 하는 모습으로 그려진다. 이 본향
당신의 모습은 우리 민족, '큰 대(大)+활 궁(弓)'이 결합하여 만
들어진 '큰 활 쏘는 사람 夷(이)'를 쓰는 동이족(東夷族)의 장군
을 나타내는 것은 아닌지. 그렇다면 큰굿을 할 때 본향당신의
활 쏘는 모습에서, 광양당이나 삼성혈을 한류의 '옴파로스(배
꼽)'로, 한라산에서 말을 달리며 활을 쏘는 삼신인 삼을나를 동
이족의 장수로 그려보는 것은 얼마나 아름다운 광경일까.

　　탐라의 삼성신화는 영평 8년 AD 65년에 고을나(高乙那)·

양을나(良乙那)·부을나(夫乙那)라는 삼신인(三神人)이 '모인굴' [毛興穴]에서 솟아나 탐라국을 건국했다 한다. 그러나 1만 년도 전에 설문대할망이 세상을 열었다면, 삼신인 삼을나는 영평 8년 탐라 땅에서 솟아난 원주민이 아니라 그보다 이전 시대인 고조선이나 북부여에서 도래한 한류의 이주민은 아니었을까?

삼성혈은 둥그렇게 파인 땅에 세 개의 작은 굴이 배치된 형태를 가지고 있어, 마치 인간 탯줄의 절단면을 보는 듯하다. 이는 사람으로 따지면 탯줄을 절단한 후에 남는 배꼽이다. 삼성혈은 우주의 옴파로스인 것이다. 중국의 진시황제가 신들의 땅 탐라에 불로초를 캐러 서불 사자를 보냈다는 이야기를 보더라도 탐라의 역사는 훨씬 이전에 이루어졌으며, 제주도가 한류의 중심에 있었다는 것이다.

그러므로 제주 신화의 보전은 제주의 신화 속에서 고대 한류의 잃어버린 역사를 찾아내는 것이며, 세계의 배꼽(navel of the world) 삼성혈에서 한류의 바닷길, 해양의 실크로드, 바다로 가는 올레길을 그려내는 것이다.

제주의
뱀신앙

서정주의 시 중에 「화사(花蛇)」라는 시가 있다. 이 시를 보면 박하사향 뒤안길에 "얼마나 징그런 모습이냐" 하며 할딱거리는 뱀의 모습을 형상화하고 있다. 거기에는 뱀에 대한 서구적 인식이 작용하고 있는 듯하다. 기독교에서는 뱀을 사탄이라 했으며 선악과를 따먹도록 유혹하여 아담과 이브를 낙원의 동산에서 쫓겨나게 한 존재로 그려진다. 심리학에서도 뱀은 악, 본능, 성적 욕망을 상징한다. 뱀에 대한 서양 사람들의 부정적 인식이 대개 작용하고 있는 것이다.

　　그러나 동남아시아 농경사회 특히 벼농사 지역에서 뱀은 풍요다산의 신이며, 곡물의 수호신이며, 부(富)의 신으로 숭배되고 있다. 뱀은 땅에 있고 습지를 좋아하기 때문에 토지신, 수

신으로 관념되기도 한다.

제주 사람들은 뱀을 신성하고 두려운 존재로 여기며, 집 안에 부(富)를 가져다주는 '부군칠성'이라 하여 잘 모신다. 이 부군칠성은 집안 고팡(庫房)을 차지한 곡물수호신 안칠성, 울 안에 주쟁이를 덮고 모시는 부의 신 '밧칠성'이 있다. 이 사신 칠성은 뱀신이며 집안에서 조상으로 여기는 조상수호신이다.

또한 제주 사람들은 뱀을 마을의 수호신이라 생각하며, 민중의 저항을 상징하기도 한다. 이형상 목사는 당신앙을 봉 건적 윤리와 지배질서를 문란하게 하고 혹세무민(惑世誣民)하 는 폐습으로 단정하고 '당 오백, 절 오백'을 부쳤다고 한다. 광 정당 앞에 이르렀을 때, 목사도 말에서 내리지 않으면 말이 발 을 전다고 했다. 이형상은 말에서 내려 당신을 시험하였다. 너 에게 힘이 있으면 나에게 나타나 그 힘을 보이라 하였다. 그때 큰 구렁이가 나타나 꿈틀거렸다. 목사는 이를 태워 죽였다. 여 기에 모습을 나타낸 마을의 당신은 뱀이며, 이는 목사의 권력 앞에 꿈틀거리는 민중의 저항이다.

제주 사람들은 한 아가리가 하늘에 붙고, 또 다른 아가리 는 지하에 붙은 '천구아구대맹이'라는 나주 금성산의 뱀신이 아 름다운 여인으로 변하여 토산리 당신이 되었다고 믿는다. 이 신은 제주도에 입도할 때 강씨, 오씨, 한씨 선주를 따라왔다. 처음에는 그 집안의 조상신으로 따라왔지만, 이 여인은 마을 수호신이 되고자 했다. 그러나 제주의 당신들은 외면했고 추잡

한 수렵신이 그녀의 손목을 잡고 같이 살자고 했다.

여인은 부정한 남자에게 잡혔던 더러운 손목을 칼로 깎아 내 버리고 토산리에 왔다. 토산 마을 사람들은 이 순결한 여신 을 대접하지 않았다. 화가 난 여신은 바람을 일으켜서 수평선 에 떠 있는 왜구의 배를 불러들여 난파시킨다. 난파당한 왜구 들은 토산리 '메뚜기무루'로 올라와 강씨 선주의 딸을 겁탈하여 죽인다. 왜구에 겁탈당해 죽은 처녀의 원한은 마을 사람들에게 홀연 광증을 일으킨다. 그제서야 신의 노여움을 안 마을 사람 들은 굿을 하여 신의 노여움을 풀어주었고, 처녀 원령의 한을 풀어주었다. 그때부터 이 토산리 여드렛당의 뱀신은 시집가기 전 처녀의 순결을 지켜주는 당신이 되었다.

이 신은 어머니로부터 딸에게 유전된다. 딸은 시집갈 때 이 신을 모시고 간다. 그때부터 정의 여자에게는 뱀이 따라다 닌다며 시집가기를 꺼리는 풍속이 생겼다. 이 여신은 잘 모시 면 집안에 부를 가져다주고 처녀의 순결을 지켜주지만, 잘 모 시지 않으면 그 원한은 뱀이 똬리를 틀고 '방울'로 맺혀 병을 일 으킨다.

방울은 나주 금성산의 화신인 사신의 노여움이며, 이 사 신의 노여움 때문에 토산리 강씨 처녀가 순결을 잃고 겁탈당 해 '처녀 원령의 한'으로 맺히는 것이다. 굿을 하여 방울을 풀어 야 병이 낫는다. 때문에 토산리의 뱀신은 처녀의 순결을 지켜 주고 집안에 부를 가져다주는 긍정적인 면보다는 두려움과 병을 주는 부정적인 측면을 지나치게 강조해온 폐단이 있었다.

제주 사람에게 뱀은 부군칠성이라는 부의 신이자 곡물의
신, 집안과 마을을 수호해 주는 토지신, 처녀의 순결을 지켜주
는 신이다. 한편 김녕 사굴 뱀신 이야기처럼 처녀를 희생으로
바쳐야 하는 두려움이 제주도민의 정서 속에 내재하고 있는 것
도 사실이다. 이러한 뱀신에 대한 부정적 인식은 지배계급이
백성을 교화하기 위하여 만들어낸 꾸며진 전설이며, 오늘날까
지도 뱀신앙은 미신이라는 부정적 인식이 여전히 남아 있다.

삼시왕에 든
큰심방

사람이 죽어서 가는 곳은 저승, 열시왕(十王)이고, 심방이 죽어서 가는 곳은 하늘옥황 삼천천제석궁 삼시왕(三十王)이라 한다.

2011년 5월 5일 음력 4월 초사흘, 제주도 무형문화재 제2호 '영감놀이'와 제13호 '큰굿'의 보유자였던 큰심방 이중춘 옹이 향년 여든 세에 지병으로 별세하였다. 그는 자타가 공인하는 당대의 큰심방이었으므로, 무조신(巫祖神) 초공 '젯부기 삼형제'가 다스린다는 하늘옥황 삼천천제석궁에 가셨을 거다.

그는 구좌읍 행원에 사셨기에 행원 어른, 행원 삼촌으로 불렸고, 심방 중에 제일 큰심방이란 의미에서 도황수로 칭송되었다. 선생이 세상을 떠나시던 날, 동쪽 하늘 올레에는 큰심방 옛 선생들이 삼시왕길을 닦고 있었는지 연물 소리 요란했고, 소미가 뿌리는 하얀 나비들이 하올하올 날았다. 이중춘 삼촌은 나비다리(白蝶橋)를 건너는 듯했는데 어두운 밤 비구름이 나비다리를 가리고 견우성은 우리 시야에서 사라져버렸다. 그리고 뒷날, 서순실 누이한테서 기별이 왔다. 삼촌이 돌아가셨다고. 그렇게 이 시대의 큰어른 심방 이중춘 옹은 타계하셨다.

그는 1932년 11월 3일 제주시 구좌읍 행원리에서 태어났고, 무업에 종사한 지 50년이 넘는 원로 대심방이었다. 그의 집안은 행원에서 조상 대대로 큰심방을 배출했고, 그는 외가 쪽으로 25대째 이어져 오는 세습무다.

어머니가 굿 하러 갈 때면 따라가 굿을 배웠고, 굿판에서 듣게 되는 연물 소리나 본풀이는 특별히 공부를 하지 않았는데도 한번 들으면 잊어버리지 않았다. 어머니와 이모를 따라다니며 굿을 배웠는데 굿을 안 하면 이유도 없이 몸이 아팠고 병원도 약도 듣지를 않았다. 그러나 굿을 시작하면 언제 그랬냐는 듯이 몸이 건강해지곤 했다.

그는 故 안사인 심방 등 큰심방들이 하는 굿판을 쫓아다닐 때부터 큰심방으로 이름이 나기 시작했다. 지금 그가 모시고 있는 명도는 집안 대대로 내려오는 명도로, 돌아가신 어머니에게서 물려받은 것이다. 그는 당주맞이를 비롯한 큰굿의 1인자지만 특히 해녀들이 바다에서 작업하다 놀랐을 때 하는 '추는굿'에 영험하기로 자타가 공인한다.

그는 죽기 전에 자신이 알고 있는 제주굿에 대한 모든 것을 후배들에게 전수해주고 싶어 했는데 그만 세상을 떠나셨다. 그의 '큰굿'과 '영감놀이'는 20년 전부터 김녕의 서순실 심방이 제자로서 열심히 배우고 있었다. 이제 이중춘 삼촌의 갑작스런 임종을 접하며 큰굿을 비롯한 제주의 무형문화재 전승의 위기를 실감한다. '무당서 3000권'으로 전해오는 저승법을 15일 동안 풀어내는 신굿, 심방집 큰굿은 앞으로 누가 하며 누가 대를 이을 것인가?

다행히 이중춘 심방이 했던 큰굿을 채록한 자료가 남아 있다. 1986년 10월 13일(음력 9월 10일)부터 10월 26일(음력 9월 23일)까지의 14일과 10월 29일 가수리까지 총 15일간 연행되었던 신촌리 김윤수 심방집의 신굿, 그리고 동김녕리 서순실 댁에서 1994년 10월 21일 '삼석울림'부터 마지막날 '돗제'까지 8일 동안 연행되었던 굿을 비디오로 채록하였다. 그 자료를 정리하고 공개할 수 있었던 것을 그나마 다행으로 생각한다.

이제 이 큰굿 자료가 서순실, 정공철과 같은 젊은 심방들에게 전해지리라. 이중춘 옹이 살았을 때 그가 큰심방으로 보여준 '심방집 큰굿 두 이레 열나흘 굿'을 복원하는 것이 후학들이 해야 할 공부요 문화운동이라고 생각해본다.

큰굿에 담긴
천지창조의 역사

제주 큰굿은 한류의 고대사이며, 탐라사를 재미있게 이야기로 들려주는 장편 서사시다. 큰굿의 초감제는 세상이 어떻게 만들어졌는가를 말해주는 창세신화이며, 제주 사람들이 고양부 삼신인을 탐라왕으로 세워 어떻게 나라를 세웠는가를 글이 아닌 말로 들려주는 탐라국 건국시조신화다. 낮도 이레 밤도 이레 두 이레 열나흘 동안 연행되는 큰굿은 10년에 한 번 볼 수 있는 우리가 가진 정말 굉장한 구전의 역사다.

간략하게 소개하면, 옛날 세상은 불순물이 섞이지 않은 왁왁한 어둠이었다. 하늘과 땅의 어둠을 열고, 갑자년 갑자월 갑자일 갑자시에 떡시루의 떡칭 같은 금이 생겼다. 금이 간 어둠 속 하늘에서는 청이슬이 내리고, 땅에서는 흑이슬이 솟아나 하늘과 땅은 갈리고 세상이 생겨났다. 이 땅을 '탐라'라 하였다. 맨 처음 천황닭이 목을 들고, 지황닭은 날개를 치고, 천황닭이 꼬리를 쳐 우니, 동녘으로 '탐라의 첫 새벽'이 밝아오자, 낮에는 해가 둘 떠 사람들은 타 죽고, 밤에는 달이 둘 떠 얼어 죽었다. 하늘나라 천지왕이 낮에는 해 하나 쏘아 동해바다에 바치고, 밤에는 달 하나 쏘아 서해바다에 바치자, 그제야 세상은 사람이 살 만한 곳이 되었다.

　세상의 질서를 잡는 일은 끝이 없었다. 천지왕은 땅에 내려와 땅의 여신 총명부인을 만났다. 총명부인은 천지왕에게 밥을 지어 대접하였다. 인간 세상에 인간의 음식, 밥을 짓는 법이 생겨나고 밥을 짓는 연기가 모락모락 하늘로 피어올랐다. 천지왕과 총명부인 사이에선 마음씨 착한 대별왕과 마음씨가 나쁜 소별왕이 태어났다. 원래 천지왕의 계획대로 마음 착한 대별왕이 이승을 다스렸다면 세상의 질서가 바로잡힐 수 있었을 텐데, 마음씨 나쁜 동생이 꾀를 부려 이승을 차지해버렸다. 결국 세상은 살인, 강간, 도둑이 많은 무질서한 세상이 되었고, 마음 착한 형 대별왕이 다스리는 저승은 맑고 공정한 세상이 되었다.

　큰굿은 소별왕이 다스리는 무질서한 이 세상을 저승의 맑고 공정한 법으로 다스려 신길을 바로잡는 법전이기도 하다. 그리하여 탐라인들은 한라산에서 솟아난 삼신인(三神人) 고양부 세 성인(聖人)을 왕으로 모시고 AD 65년 영평 8년에 세상을 열었다 한다. 초감제 때 굿하는 날짜와 장소를 설명하는 '날과 국 섬김'에 보면, 폭넓게 주변 나라들과 교역하는 이야기가 나온다. 제주의 고대사다. "달단국, 해토국, 이스라엘, 안남국, 몽고 등 12제국, 사해 안팎의 열두 나라 그리고 중국, 일본, 우리나라 해동조선국의 8도와 일 제주, 이 거제, 삼 진도, 사 남해, 오 강화, 육 완도 큰 섬들, 그리고 제주 절도 400리, 물은 황하수, 산은 한라산의 소림당, 어승생, 단골머리, 아흔아홉골, 99곡은 한 골 없어 곰도 왕도 범도 신(臣)도 못 난 섬, 저 산 앞은 당도 오백, 이 산 앞은 절도 오백이 있는 섬으로, 조선 영천 이형상 목사 시절 당도 500, 절도 500 파괴시키던 섬"이라 서술해 나간다.

　　또한 "영평 8년, 을축 3월 열사흘, 자시(子時)에 고의 왕이 나고, 축시(丑時)에 양의 왕이 나고, 인시(寅時)에 부의 왕이 태어나, 고양부 3성이 모은골(毛興穴)서 솟아난 나라, 삼 고을 사관장을 마련하던 섬의 아무개 집에서 굿을 한다."라고 읊어나 간다. 그러므로 큰굿은 태초의 시간부터 현재 바로 이 시간까지 신화의 세계와 인간의 시간을 모두 이야기해주는 제주 역사다.

미여지벵뒤에서
당신을 보내며

농경신의 신화인 세경본풀이에서 세경은 "농사짓는 일도 세경의 덕, 장사지내는 일[掩土勘葬]도 세경의 덕"이라 하는 땅 또는 농경신을 뜻하므로, '세경너븐드르'는 농사짓는 넓은 땅, 평야(平野)를 뜻한다.

이에 비해 '곶자왈'은 개간되지 않은 원래의 땅, 자연이며, 나무와 덩굴 따위가 마구 엉클어져 수풀같이 어수선하게 된 곳, 정글, 산전(山田)이며, 가시덤불, 형극(荊棘), 망자를 저승으로 보내기 전의 아직 닦지 않은 저승길을 뜻한다.

세경의 평야나 들판의 의미와 좀 다른 벵뒤는 '널따란 벌판'인데 세경 땅, 기름진 땅이 아닌 뜬 땅, 돌밭, 농사가 잘 되지 않는 버덩이다. 이제 '미여지벵뒤'를 이야기할 때가 되었다. 신

화에 나오는 미여지뱅뒤는 어디에 있으며 어떤 곳인가. 저승
가는 길, 이승과 저승의 중간쯤에 있는 미여지뱅뒤는 '거침없
이 트인 널따란 벌판'이란 의미를 지닌다.

나는 지난 10월 12일부터 28일까지 17일 동안, 성읍리 일
관헌 맞은편 마방터 전통 초가에 마련된 큰굿판에 있었다. 그
리고 7년 전에 이승을 떠난 당신의 아름다운 영혼과 그 굿판에
서 만났다. 그곳은 미여지뱅뒤란 곳이었다. 그곳에서의 만남
은 나에게 정말 행운이었다. 굿을 통해 저승에 있는 당신이 날
찾아왔다고 느꼈다. 그 굿판에서 분명 나는 저승에서 온 당신
을 만났고 같이 춤을 추었다.

내가 당신과 만난 곳은 굿판이지만 실제로 나와 당신은
이승과 저승의 중간지점 미여지뱅뒤란 곳에 있었던 것이다. 제
주의 저승신화 '차사본풀이'에 나오는 벌판. 당신은 이승에서
의 미련과 한을 다 풀고 저승으로 떠나갔다. 굿에서 영가(靈
駕) 또는 영혼을 뜻하는 '영개'는 아직 저승으로 떠나지 않은 망
자의 영혼이다. 내 곁에서 아직 떠나지 못한 당신의 영개가 굿
하는 십여 일 동안 내 곁을 맴돌았다. 마지막 날, 영가들을 저
승으로 보내는 '영개돌려세움' 때가 다가오자 나비 한 마리가
내 곁을 맴돌며 떠나지 않았다.

당신의 영혼이 내 곁에서 하울하울 날고 있었다. 분명 당
신은 나비로 환생한 것이다. 수심방을 맡았던 서순실 심방과
본주인 후배 정공철이 생전에 당신이 나를 따라 굿판에 와서

항시 심부름도 하며 베풀었던 고마움에 보답으로 저승으로 보내는 당신 옷 한 벌을 상에 올려주었을 뿐인데, 이승 사람들의 고마움을 아는지 당신의 영혼이 나비가 되어 굿판을 찾아와 날아다녔다. 나는 당신이 여기 와 있음을 느꼈다. 그리고 서 심방은 언니가 꿈속에 보였다 했다. 나는 나비가 되어 찾아온 작은 노랑나비, 당신의 영혼과 춤을 추었고 정말 행복했다.

그렇게 30년 만에 재현한 큰굿의 성과는 많았지만, 내가 얻고 느꼈던 큰굿의 의미는 나비가 된 당신을 보았고 기쁘게 당신을 저승으로 보냈다는 것이다. 당신이 굿판에 오셨다 갔으리라는 생각에 정말 행복했다. 이제 미련은 홀홀 털어버리고 저승에 가면 나비로 환생하여 행복한 또 다른 삶을 살게 되겠지. 이제 당신은 이승 사람과 이별하는 이승의 끝, 미여지벵뒤 허풍바람에 마지막 욕망과 슬픔을 날려버리며 마른 고사목에 이승에서 집착하던 살아있을 때의 이야기들을 걸어놓고 내가 만난 노랑나비처럼 훨훨 저승으로 날아가리라. 미여지벵뒤를 떠나.

| 2011. 11. 10. 한라일보 |

7년 전에 이승을 떠난

당신의 아름다운 영혼과 만났다

그곳은 미여지뱅뒤란 곳이었다

그곳에서의 만남은 나에게 행운이었다

분명 나는 저승에서 온 당신을 만났고

같이 춤을 추었다

「미여지뱅뒤에서
당신을 보내며」 중에서

새철 드는 날의
하늘굿

나는 해마다 입춘절이 다가오면 올해의 '탐라국 입춘굿'과 고대
의 나라굿[國祭]에 대한 탐라문화의 수수께끼를 얼마나 풀어낼
수 있을까 고민해본다. 입춘(立春), 새철 드는 날의 하늘굿, 광
양당의 당제는 어떤 의미를 지녀야 하는가?

　　탐라 땅에는 모홍혈(毛興穴)과 광양당(廣壤堂)이 있었다.
현재 모홍혈은 삼성혈이라 이름이 바뀌었고, 광양당은 조선 철
종 때 없어졌다. 모홍혈(毛興穴)은 삼신인(三神人)이 굴에서 태
어난 곳으로 심방이 굿할 때 보면, '모인굴'이라 한다. 모(毛)는
삼(三)과 을(乙)의 합성어로 '품(品)자형 동굴'을 뜻하며, 을(乙)
은 을나(乙那) '어린아이'를 뜻한다. 그러므로 '모인굴'은 세 사
람의 신이 된 아이가 태어난 동굴이란 뜻이다. 삼신인의 모홍

혈은 고씨, 양씨, 부씨 삼성 시조의 발생지로 바뀌었기 때문에 삼성혈이라 한다.

'品자형 동굴'은 삼신인 삼성(三聖) 탐라국 건국시조신화의 삼분체계(三分體系) 수수께끼를 푸는 열쇠이다. 그것은 '다른 세 개의 뜻을 지닌 완성된 하나'이며 여러 가지 제주 신화의 삼분체계를 완성했다. 혼인지나 모인굴의 品자형 동굴처럼 '다른 셋이 모여 완성된 하나를 이루는 신화'의 체계는 신당에서도 볼 수 있다. 신당에는 신이 상주하는 구멍으로 상궤, 중궤, 하궤가 있으며, 신당의 단골 조직은 상단골, 중단골, 하단골로 구성돼 있다. 삼사석에 활을 쏘아 땅을 나눴던 일도, 이도, 삼도의 삼도분치(三都分治)와 같은 원리도 삼분체계로 된 신화문법을 완성했다.

나라굿을 지내는 광양당은 삼신인을 당신으로 모신 당이다. 입춘날 농경의 신 자청비가 5곡의 주곡과 7곡의 부곡, 열두 시만곡(12곡)의 씨앗을 가지고 탐라땅에 내려와 머무는 탐라의 중심, 광양 1번지다. 신화에 의하면 을축 삼월 열사흗날, 자시(子時)에 하늘에서 난 고(高)의 왕, 축시(丑時)에 하늘에서 난 양(良)의 왕, 인시(寅時)에 하늘에서 난 부(夫)의 왕 삼성(三聖)이 하강한 성지, 삼성이 높음[高], 어짐[良], 뛰어남[夫]을 펼치기 위해 하강한 넓은 땅이란 의미를 지닌다.

큰굿의 초감제를 살펴보면 탐라국 건국 초기의 광양당과 모인굴 이야기가 나온다. 하늘과 땅의 질서는 이렇게 잡혀

나갔다.

맨 처음의 세상은 왁왁한 어둠이었다. 그것은 신이 없는 세상, 신이 떠나버린 세상으로 우리가 알고 있는 신구간이다. 천지혼합에서 하늘과 땅이 개벽해 밤과 낮이 갈리고, 아침이 와서 동쪽에서부터 해가 떠오르는 천지창조의 과정이 그려진다. 이는 새철 들면 하늘의 신들이 지상에 내려와 이 땅에 질서가 잡혀가는 것처럼, 지상에는 15성인의 시대가 열렸음을 의미한다. 신들이 지상에 내려와 땅을 다스리게 되는 입춘날, 농경신 제석할망 자청비를 모시고 땅에서 나와 탐라 땅에 나라를 연 아이, '삼신인(三神人) 삼을나'를 광양당에 왕으로 모시고 영평 8년, AD 65년에 세상을 열었으니, 광양당은 그때부터 모인굴의 삼신인 삼을나(三乙那) 신을 모시고 나라굿을 여는 곳이 됐다.

그런데 조선조에 들어와서 광양당의 국제는 한편으론 삼성제로 바뀌었고, 다른 한편으론 기능이 축소된 마을제로 바뀌었으며 신격도 삼신인이 아니라 '한라산 신(神)의 아우' 정도로 신격이 축소되었다 없어지고 말았다. 입춘굿에서 광양당 나라굿의 완성은 그만큼 중요한 몫을 지니고 있다.

제주 사람들의
수(數) 철학

제주 신화에 나오는 숫자들에는 제주 사람들의 철학이 담겨 있다. 본풀이에는 제주 사람들이 신화 이야기를 전개하는 데 자주 사용하는 숫자(數字)들이 있고, 그러한 숫자는 제주 문화와 밀접한 관련이 있으며, 제주 사람들의 기질과 문화 계통까지도 알 수 있게 한다.

　　제주도를 만든 창세신화로서 설문대할망 이야기에는 제주 사람들이 생각하는 1, '하나'의 철학이 있다. 하나는 창조의 의미에서 모자람이 없음, 풍요로움을 뜻하기도 하지만 할망이 만든 제주 땅에 할망 홀로 살고 있었다는 외로움, 완전한 하나가 될 수 없었던 불완전한 하나, '외로운 하나'의 비극성을 내포하고 있다. 세상에 하나뿐인 여신, 힘이 세고 키가 큰 외로운 할망의 '외로운 하나', 100을 채울 수 없는 하나, 결국 99골 짜기로 이뤄진 여신의 나라, 왕도 범도 곰도 못 나는 아쉬움의 하나를 만들어내었다.

또 다른 예에서 2수 법칙을 볼 수 있다. 창세신화 '천지왕 본풀이'에는 왁왁한 어둠에서 천지가 둘로 나뉘고 하늘의 남신 천지왕이 땅에 내려와 땅의 여신 총명부인과 배필을 맺어 아들 을 낳은 이야기가 나온다. 마음 착한 형 대별왕과 마음씨 나쁜 동생 소별왕 두 형제는 꽃 가꾸기 싸움과 수수께끼 시합으로 우열을 다투어 이긴 자가 이승을 차지하고 진 자가 저승을 차 지하기로 했다. 하지만 마음씨 나쁜 동생 소별왕이 꽃바구니를 바꿔서 이승을 차지했기 때문에 인간 세상은 무질서하고 악에 물든 세상이 됐다는 이야기다. 그리고 삼싱할망본풀이에 의하 면, 꽃 가꾸기 시합에서 이긴 하늘 명진국의 딸은 아이를 15세 까지 잘 키워주는 삼싱할망이 됐고, 시합에 진 동해용왕의 따 님은 아이를 저승으로 데려간다는 구삼싱할망이 됐다.

제주 사람의 3수 철학은 삼성신화의 삼분체계로 알려진 삼신인(三神人)이 땅에서 솟아났다는 탐라국 개국신화가 대표 적이다. 모흥혈(毛興穴)이라는 품자형 동굴(品字型洞窟)에서 신 이 될 세 아이가 태어났다는 삼을나(三乙邪) 신화에 나타난 3 수 외에도 초공본풀이에 등장하는 무조(巫祖) 젯부기 삼형제 의 삼명두(요령, 신칼, 산판)와 악기의 신 너사무녀도령 삼형제 의 세 악기(북, 징, 설쉐) 이야기가 있다. 그리고 삼공본풀이라고 부르는 가믄장아기 신화가 있다. 누구 덕에 사느냐는 부모의 물음에 큰딸이 대답했다. "부모님 덕에 삽니다." 둘째 딸이 대답했다. "부모님 덕에 삽니다." 막내딸이 대답했다. "부모님 덕이 아니라 내 선그믓 덕에 삽니다." 아버지는 화가 나서 막내딸을 내쫓았다. 소위 '말녀발복설화'라고 하는 가믄장아기 신화는 단순히 '내 복에 산다'는 이야기가 아니라 적극적인 사유, 긍정과 수긍에 길들여진 순응의 원리에 근거를 둔 화법이 아니라 여성으로서의 적극적인 삶을 살겠다는 생의 의지를 보이기 위해 순응에서 저항으로 역전되는 부정과 변조, 파격의 미학이 담겨 있다.

끝으로 북두칠성을 신으로 믿는 칠성신앙은 땅에 유배 온 별공주를 마을을 지켜주는 본향당신으로 모신 칠일신 신앙이 됐고, 그 기능을 가진 칠일신은 아이를 포태시켜주는 산육신 일뤠할망으로 마을의 본향신이 됐다. 이렇게 '별들이 이 세상에 귀양 온 이야기'로부터 이뤄진 칠일신 신앙, 집안의 안칠성, 밧칠성을 모시는 뱀 칠성 신앙까지 별 신앙(七星神仰)과 뱀 신앙(七星神仰)은 제주인의 칠(七)의 수(數) 철학을 완성했다.

[弔詞]

제주 심방 정공철,
민족 광대 정공철

사랑하는 아시 공철아. 이 빈복한 놈아. 무사 살 만해지난 가부는 거냐? 이 무정한 놈아. 오늘도 아침부터 비새[悲鳥]가 날아와 낭가지에서 청원하게 우는구나. 우는 거야 죄 될 일 아니난 막 실컷 울고 가라. 같이 심벡허멍 울어나보게. 내 팔자도 너처럼 기구하여 '정공철'이 술만 먹으면 커싱커싱 허멍, "제주대학 국어교육과 졸업하면 제대로 국어선생 할 아이를 막걸리 사주멍 꼬성 심방 만들어부러시난 내 인생을 책임져. 마벵이 씨-팔 성님아." 허멍, 술만 마시면 악을 쓰며 반항하고 원망하는 '정광질'이를 위해, 그대를 보내는 조사를 쓰게 되었으니, 이 또한 기막힌 일이 아니냐. 아, 이 청원하고 답답한 놈아. 광대로 사는 게, 심방의 길을 가는 게 그렇게도 고달프더냐.

이 무정한 정광질이야. 공철아. 그렇다면 사과하마. 진짜 원망하는 게 아니란 걸 난 안다만. 너무 아프고 서러워도 마른 목 냉수 한 사발, 냉막걸리 한 사발 벌컥벌컥 마시고, 타는 목 잔질루멍(축이며) 가라. 공철아. 너 술 마시고 내게 원망하는 게 원망이든 애증이든 그게 측은한 사랑임을 알기에 더욱 아프다.

나만 그런 게 아닐 거다. 80년대 대학 3학년이던 김수열과 함께 공철이 너를 꼬드겨 마당극을 하자고 탑동으로 제주중학교 근처 복집식당, 영미식당으로 다니며 술을 사주며 제주대학 다니는 동료들을 10여 명 모아오게 하여 문화운동을 한다며 딴따라판 술판을 만들었던 그때의 '마당굿쟁이 광대질'이 왜 우린 그리워질까. 애증이든 원망이든 그건 지나고 보면 아름다운 사랑이었고 그 녀의 총기 넘치는 눈동자에 맺히는 눈물 한 방울의 연기 또한 명품이었으니, 오늘 내가 공철이 너 때문에 행복했던 그때를 못 잊는 걸까. 이놈아. 속을 너무 드러내지 말게. 이제 같이 있을 시간도 많지 않네.

너는 심방이니까 잘 알겠지. 넌 이제 이 세상과 저세상의 중간쯤에 있다는 황량한 벌판, 고사목들 중간중간에 가시나무 있어 죽은 몸에 걸치고 있는 옷가지, 그게 뭣인가 이승에서 지고 온 슬픔이거나 욕망의 덩어리가 아닌가. 그 모든 것, 아 홀홀 털고 이승의 우리들과 이별하고 저승으로 떠나야 하겠지. 그런 이별이 운명이긴 하지만 다시 만날 길임을 난 아네.

'미여지뱅뒤'로 가는 길이 얼마만큼 먼 길인가를 내 이야기해 줄게. 나 미여지벵뒤에 갔다 왔으니. 아마 거리로 따지면 남아프리카쯤 될 거야. 내가 며칠 전에 남아프리카 남단에 있는 제주도만 한 섬, 모리셔스에 갔다 왔지. 내 생전에 그렇게 멀리 여행할 줄은 몰랐어. 그곳은 내가 경험한 현실세계의 끝이었어. 바로 현실세계가 끝나는 지점에 저승의 피안으로 가는 저승 올레가 열린다네. 바로 그곳이 꿈에 그리던 나의 이여도, 그곳이 바로 '미여지벵뒤'라 생각하게 되었어. 그런데 그곳이 나의 현실세계 여행의 끝에서 만난 이승의 끝에 있는 천국, 제주도와 같으면서도 모든 슬픔이 다 녹아 없어져 버리고 평화로만 남은 이여도, 그곳이 미여지벵뒤였다는 거지. 그러니 공철아. 네가 먼저 가서 내가 오길 기다리는 저승은 지옥이 아닐 거야.

이 세상에도 광대들이 꿈꾸는 새 세상이 있지 않은가. 그리고 자네가 잘 아는 서천꽃밭. 먼저 떠난 착한 누이들이 물을 주어 키우는 생명꽃, 번성꽃, 환생꽃 들이 만발한 서천꽃밭이 있지 않은가. 내가 이여도에 갔다 왔다면, 넌 나를 믿을까? 내가 이승의 끝 남아프리카 모리셔스에 갔다 온 건 모두가 알지. 그런데 내가 천국 이여도에 갔다 왔다 믿는 사람은 없지. 그건 나의 꿈이었지. 꿈속에서 보았던 이승의 피안, 광대들이 꿈꾸는 좋은 세상 말일세. 천하의 광대 정공철아. 결이 고운 친구, 아름다운 우리들의 벗 공철아. 우린 갈 길이 머네. 그 먼 길 아름다운 광대의 길을 가기 위해 잠시 이별하는 거지.

오, 지긋지긋하게 착한 아이, 말썽꾸러기 삐돌이 정공철아. 늘 정신으로 살아 있으라. 쓸데없이 문무병을 원망 말고. 저승과 이승 길을 틀 순 없지만, 이승 사람 이승의 법도에 맞게 저승 사람 저승 법에 맞게 살아가도록 하자. 당분간은 너와 내가 중음에서 헤맬 수밖에 없을 것이니, 눈물도 슬픔도 사람으로 있으면서 흘려야 하는 거라면 우리 오늘 실컷 울고 가세. 술맛도 즐기며. 쩨쩨하게 놀지 말고, 내가 너를 만날 날은 오늘 뿐, 그래서 오늘은 나도 할 말이 많았네. 공철아. 영게울림으로 저승과 이승의 역사를 쓰기엔 너무 짧은 순간일세. 본을 풀기에는 너무나 짧은 시간이니 먼 훗날 어느 새끼 광대가 나타나 "공철이형. 엇이난 생각남수다." 하면, 엇어진 단오 멩질날이면 날 생각해 달라 하며 픽 웃고 마는 그런 역사. 광대들의 역사 속에만 남아 있으라. 민족 광대 정공철이여. 안녕.

이 세상에도 광대들이 꿈꾸는

새 세상이 있지 않은가

그리고 자네가 잘 아는 서천꽃밭

먼저 떠난 착한 누이들이

물을 주어 키우는

생명꽃 번성꽃 환생꽃 들이

만발한 서천꽃밭이 있지 않은가

「제주 심방 정공철,
민족 광대 정공철」 중에서

다시 부는
영등바람

그를 잊을 수 없다. 굿판에서 생전에 꺼떡꺼떡 탈처럼 세운 얼굴 흔들며, 어떤 때는 무섭게, 또 어떤 때는 나비처럼 가볍게 춤을 추던 신들린 얼굴을 잊을 수 없다. 우리는 생전에 그를 '사연이 삼촌'이라 불렀다. 이 시대 '심방 중의 심방'이란 의미에서의 큰심방, 안사인 옹이다.

이 정도 말하면 그 정도는 돼야 굿 잘하는 심방, 영급 좋고, 수덕 좋은 심방이라 할 만하다고 제주 사람이면 누구든 열광할 것이다. 그런데 안타깝게도 그는 1990년에 세상을 떠났고, 2013년 9월 28일에야 뒤늦게 그의 업적을 기리는 추모제를 준비하고 있다 한다. 늦었지만 다행한 일이다. 안사인 선생이 있었으므로 제주 건입동 칠머리당의 영등굿은 유네스코가

선정한 무형문화유산으로 등록돼 세계의 문화지도를 다시 그
리게 됐으니 그것만으로도 '사연이 삼촌'은 이 시대의 장인이
며 훌륭한 예술가다.

　　이왕에 추모제를 시작으로 '사연이 삼촌'의 업적을 재평
가한다니, 감춰진 그의 무서운 내공과 끼를 발휘하던 진면목
을 찾아 밝혀내시라. 다시 부는 영등바람이여, 싱그럽게 불어
와 신들이 인간처를 찾을 때, 낮에는 '내난 가위(연기 나는 집)',
밤에는 '불싼 가위(불 켜진 집)'을 찾아오듯, 제주 지역의 내로라
하는 한 심방의 일생을 건 굿과 예술을 다시 재평가하는 아름
다운 추모제가 되어 진짜 큰심방 안사인 옹의 영등굿, 큰굿에
쏟은 열정이 정당하게 재평가될 수 있게 하자.

　　큰심방 안사인은 심방으로서 굿 잘하고 수덕 좋은 심방
일 뿐만 아니라 다른 누구도 흉내 낼 수 없는 신령한 끼가 철철
넘치는 심방이었다. 그는 제주의 큰굿으로 전통예술의 한 경
지를 이룬 분이다. 생전에 '딴따라 심방'이라 불렸는데 혹자는
그의 굿을 폄하하려는 수단으로도 사용했지만, 그의 몸글로 써
내려가는 굿판에서의 굿춤은 굿을 모르는 사람까지 신 지피게
하는 신바람을 지니고 있었다. 터질 때만 기다리는 핵폭탄 같
은 끼와 재주가 탁월했기 때문에 '사연이 삼촌'은 끼 없는 무미
한 심방들에게는 너무나 연극적이라는 등 시기와 폄하의 대상
이 되기도 했다. 하지만 그는 정말 예술적 끼를 갖춘 제주를 대
표하는 큰심방이었다.

나는 70년대 대학생 때부터 안사인 선생을 쫓아다녔고, 80년에 그로부터 놀이굿 〈세경놀이〉, 〈영감놀이〉, 〈전상놀이〉 지도를 받아, 마당굿으로 재창조해 창작마당굿 〈땅풀이〉를 만들었다. 1980년 8월 제남신문사 2층 공개홀에서 공연했다. 그때 그는 열정을 다해 가르치는 연출가이며, 예술교사였다. 때문에 우리는 수눌음 소극장에서 안사인, 양창보 심방을 비롯한 딴따라 기질의 심방들, 소위 안사인류(類)라 할 수 있는 강신숙, 오방근, 이용순, 문순실 심방들을 만나 〈전상놀이〉를 복원하기도 했다. 그렇게 모인 영등굿 보존회는 김윤수, 진부옥, 이중춘, 이정자, 한생소, 강순안, 이승순, 정태진, 김연희 구송의 열두본풀이 신화집을 내기도 했다.

이제 큰심방 안사인 추모사업회는 안사인류의 칠머리당 영등굿 보존회를 중심으로 그의 제자들, 김윤수 회장을 정점으로 당대의 큰심방을 위한 '두이레 열나흘 굿', '차례 차례 재차례 굿'을 열어 그를 추념하는 큰굿자료집을 만들고 헌정하는 것으로 추모회의 마지막 일을 끝냈으면 한다. 그리하여 큰굿의 큰별을 영원히 반짝이게 하자.

| 2013. 09. 23. 한라일보 |

대별왕의 나라를
꿈꾸며

올해는 갑오(甲午)년, '갑오동학농민전쟁'이 일어났던 1894년
의 두 회갑, 120년을 넘기는 의미 있는 청마의 해다. 그러니 정
말 좋은 세상, 만백성이 해방세상이라 말하는 좋은 세상이 왔
으면 좋겠다. 형과 아우가 싸우지 않고 잘 사는 세상이 됐으
면 좋겠다.

　싸움은 욕심이 너무 과하여 균형이 깨졌을 때 생기는 것
이다. 세상은 욕심 때문에 싸움이 너무 많다. 신이 인간 세상을
만들 때 가장 어려운 일이 끝없이 솟구치는 인간의 욕망을 조
절하는 일이었다. 어떻게 이를 조절할 수 있었을까. 세상을 만
든 창세신화 '천지왕본풀이'는 세상의 질서를 잡아나가는 과정
을 우리에게 들려준다.

　　세상이 열리기 전에는 하늘도 땅도 왁왁한 어둠의 덩어리였다. 앞을 내다볼 수 없는 절망 같은 어둠의 덩어리, 천지혼합, 하늘과 땅이 구분되지 않은 무질서를 부수어 새 질서를 만들려는 하늘과 땅의 기운이 물방울을 만들어 이슬처럼 새록새록 생겨나고 있었다. 희망이 돋아나고 있었다. 어머니의 태와 같은 어둠 속에서 하늘의 기운과 땅의 기운을 모으고, 천지왕을 맞이하여 밥을 지어 대접하니 생명을 키우는 세상이 이뤄졌다. 그래서 모든 제(祭)는 신에게 인간 세상의 양식을 대접하는 굿 의식이 됐다.

　　천지왕은 세상에 내려와 총명부인이 지어준 밥을 맛있게 먹고 하늘로 올라가면서 부인에게 당부했다. 아들을 낳으면 먼저 낳은 건 대별왕, 나중에 낳은 건 소별왕이라 지으라 했다. 총명부인은 아이를 낳았다. 먼저 낳은 아이는 도량이 넓고 크며 마음씨가 착한 아이이니 '대별왕'이라 했고, 나중에 난 건 마음이 작고 치졸하니 소별왕이라 지었다.

　　원래 천지왕은 공정하고 맘씨 착한 대별왕에게 무질서한 이승을 다스리라 하고 편협하고 맘씨가 나쁜 소별왕에게 저승을 제도하게 하였으나, 소별왕은 이렇게 정한 이치를 뒤바꿔버렸다. 대별왕과 소별왕 중 누가 저승을 차지하고 이승을 차지할지 정하는 꽃 가꾸기 내기에서 소별왕은 자신이 키운 꽃을 바꿔버렸다. 잔꾀를 내어 대별왕의 번성꽃 바구니를 갖게 된 소별왕은 이승을 차지하고, 이울어 가는 소별왕의 꽃바구니를

차지한 대별왕은 저승을 차지하게 됐다. 그래서 이승 사람들
이 저승 대별왕의 맑고 공정한 저승법으로 치료받는 것은 굿을
할 때만 가능하게 된 것이다.

　소별왕의 잔꾀 때문에 세상은 난리가 났다. 낮에는 해가
둘이 떠 사람들이 타 죽고, 밤에는 달이 둘이 떠 얼어 죽었다.
소별왕은 세상을 바로잡는 데 실패한 것이다. 형 대별왕을 찾
아갔다. "형님 어떵헙네까. 제발 한 번만 가르쳐 줍서." "기여,
걸랑 기영 하라(그래, 그러면 그리 하렴)." 맘 착한 대별왕은 천근
화살을 당겨 해 하나는 쏘아 동해에 떨어뜨리고, 천근 화살을
쏘아 달 하나는 서해에 떨어뜨렸다. 낮에는 해가 하나 뜨고, 밤
에는 달이 하나 떠 그제야 쓸 만한 세상이 되었다. 하지만 세
상을 가르치는 맑고 공정한 저승법을 소별왕에게 가르쳐주지
못했기에 이 세상은 온갖 범죄의 소굴이 돼 버렸다는 것이다.

　맑고 공정한 법이 두루 소통하는 세상, 동학의 깃발과 함
께 법 없이도 살 수 있는 형님, 대별왕의 나라를 생각해 본다.

| 2014. 01. 13. 한라일보 |

오등동
설세밋당의 파괴

2개월 전에 제주시 오등동의 미지정 문화재 '설세밋당'이 심각하게 훼손되었다는 얘기를 듣고, 시청의 관계자와 함께 '문화재 파괴 현장'을 방문한 적이 있었다. 신목을 밑동부터 베어버린 현장은 정말 염치없고 양심 없는 죽임의 시나리오를 짐작하게 하였다.

현장을 방문하기 전날에 이런 일도 있었다. 제주에 살지만 영원히 제주 사람이기를 포기하는 유배인이거나 이주민으로 살고 있는 한 친구가 "오등동 설세밋당은 무신 거 허는 디라?" 하였고, 그와는 달리 늘 제주 토박이, 원주민임을 주장하던 나는 그에게 "설세밋당은 오등동 '설세미' 본향이잖아?" 하였다. 그리고 설세밋당 이야기는 나와 나의 친구 사이에도 설명하지 않으면 안 되는 정말 속상하고 피곤한 일이었다.

제주 사람들은 자기가 태어난 곳을 '인연을 가진 땅', 고향(故鄕)이라 하지 않고, '뿌리를 내린 땅', 본향(本鄕)이라 한다. 왜 본향이냐면 탯줄을 태워 묻어 둔 땅, 태 사른 땅(태손땅)이란 것이다. 예로부터 제주의 어머니들은 아기가 태어나면 태(胎)를 태운 검정을 항아리에 담아서, 새벽에 탯줄처럼 세 줄로 감겨 있는 길, 삼도전거리(세거리) 비밀한 곳에 묻어두었다가, 아이가 피부병에 걸리면 그 검정을 아픈 부위에 발라주었다.

제주에서 본향당은 땅과 나, 어머니와 아이를 이어주는 새끼줄, 대지의 탯줄이며, 거룩한 성소(聖所)인 것이다. '설세밋당'은 오등동의 성소, 오등동 본향당이다. 이전에 내가 신당조사보고서를 쓸 때만 해도 그윽하고 영적인 에너지가 전해오는 신비로운 성지였다. 그런데 오늘 보니, 처참하게 파괴된 쓰레기통이 되어 있지 않은가. 그것은 인재였다. 복받치는 슬픔을 외면할 수가 없었다.

지명으로서의 '설세미'를 보면, 근처에 예로부터 '당 오백 절 오백' 중 하나인 절이 있었고, 절이 있었던 자리에 샘이 있어 '절샘(절세미)'이라 했는데, 시간이 지나 '설세미'가 되었다. 옛날 절이 있었던 곳에 당이 있어 '절세밋당(절샘에 있는 당)'이라 하다 '설세밋당'으로 변해 지금의 오등동에 있는 본향당의 하나가 된 것이다.

그때 그 처참했던 심정을 다시 한번 떠올려본다. 시청 문화재과에 근무하는 연구사로부터 전화가 걸려왔다. 오등동 소재 "설세밋당 신목이 밑동부터 잘리고, 당의 제단 블록은 허물어져 당의 원형이 심각하게 파손되었다."는 전화였다. 나는 연구사 일행과 전문가 자격으로 함께 현장을 방문했고, 그곳에서 나의 영혼은 심한 자괴감으로 무너졌다.

제주도는 할 말 없으면 언제나 '당 오백 절 오백'이 있었던 탐라국을 자랑해 왔다. 그런데 지금도 400여 곳의 신당 유적이 남아있으며, 그곳은 제주의 정체성을 가장 잘 드러내는 신앙유적이 아닌가? 그런데도 현재 송당 금백주당, 와흘 한거리하로산당 등 5개의 당만 문화재로 지정되었고, 나머지 395개는 미지정이니, 관리 대상이 아니라 하였다. 내가 생각할 때 신당문화재는 단 하나도 소홀하게 다루어져선 안 될 것이었다. 그러므로 오등동 '설세밋당'의 파괴는 관덕정 한 채를 생각 없이 태워버린 것처럼 서운했다. 예루살렘 성지를 불태운 것과 같은 것이다. 본향당의 신목(神木), 당나무를 등걸부터 찍어낸 몰염치한 행위는 분명 종교적 편견에서 저질러진 느낌도 있었다.

제주 사랑의 문화정책이 근본적으로 수정되어 몇 안 되는 우리의 잔존 잠정 문화재들이 피눈물을 쏟는 현실이 바뀌었으면 좋겠다. 더이상 지정이든 미지정이든 이 귀한 성소들이 파괴되지 않았으면 좋겠다.

| 2014. 06. 23. 한라일보 |

바이칼에서
만난 제주

이번에는 얼마 전 다녀왔던 우리 민족의 시원이며 샤먼과 큰 굿의 본향, 하늘 바다, 천해(天海)를 마음의 붓으로 그려보기로 하였다. 나는 정말 기적처럼 꿈에 그리던 바이칼 호수에서 제일 큰 섬, 제주도만큼 큰 알혼섬에서 이틀을 살았다. 거기에는 샤머니즘의 성소라 부르는 부르한 바위가 있었다. 거룩한 성소 바이칼은 마냥 영적으로 충만해져 말과 글이 필요 없는 원시의 바다였다.

　나는 바이칼에 갔다 온 뒤, 제주신화역사공원 설명회에 가서 싱가포르의 외자 2조 2천억으로 건설되는 대형물류단지의 감춰진 허구와 과장을 들었으며 신화로 이야기하는 대형프로젝트를 제주 사람은 어떻게 받아들여야 옳은가 고민해 보왔다.

　그러나 나는 바이칼에서 병들지 않는 싱그러운 원색의 제주를 보았다. 샤먼의 호수 바이칼은 우리를 압도했고, 바이칼에 사는 우리와 비슷한 부리야트 사람들의 신당에는 세르게라는 우리의 신목과도 같은 의미의 우주목이 곳곳에 서 있었다. 세르게는 나무를 깎아 세 부분으로 홈을 나누어 제일 위는 하늘, 중간은 샤먼, 아래는 땅이라 하였다. 부리야트 마을은 구릉이나 초원에 있어 신목이 없으니 그 대신 나무를 깎아 한 개, 혹은 세 개를 연이어 세워놓고 몸통엔 천 조각들과 물색 끈들을 묶어 세르게라 하였다. 나무가 자란 곳에는 제주도의 신당처럼 지전물색을 걸어놓고 성황당이라 하였다. 만년의 세월을 품고 있는 바이칼의 세르게는 제주의 마을마다 있는 본향당과 너무 닮았다. 제주와 바이칼은 당신앙의 성지였다.

　바이칼의 알혼섬은 길이 없으니 북쪽 끝까지 여행하려면 2차 대전 당시 사용하던 구형 소련제 지프를 10인승 미니버스로 개조한 우아직이란 차를 타고 길 없는 길을 덜컹거리며 달려야 했다. 우아직은 옛날 조상들이 말을 타고 달리던 원시의 구릉을 달리는 데 안성맞춤이었다.

　알혼섬 북녘 끝 호보이 곶 가는 길은 저승 가는 하늘 올레, 제주 신화에서 이승과 저승의 중간에 있다는 황량한 벌판 '미여지벵뒤'였다. 부리야트 사람은 호보이 곶을 샤먼들이 영성을 충전하는 곳, 샤먼들이 기도하는 곳이기 때문에 '샤먼의 고향'

이라 했지만, 우리는 그곳이 죽어서 갈 저승이기에 바이칼의
저승올레, 바이칼의 미여지벵뒤라 불렀다.

교래리 돌문화공원에 가면 설문대할망 모양으로 만든 전
시실 옥상에 물을 담아 만든 '하늘 연못'이 있다. 제주 신화가
하늘 연못을 이야기할 수 있다면, 우리가 만드는 신화공원에는
우리 민족 만년의 신화를 담아 바이칼처럼 제주의 신화를 이야
기하는 또 다른 세상을 만들 수 있겠다. 신화를 통해 제주 사람
과 민족의 미래를 이야기하는 신화공원이 있었으면 좋겠다. 제
주 사람들이 제주의 돌로 만든 모든 것을 가져다 놓아 이루어
진 제주형 돌박물관은 돌박물관일 뿐이지만, 서양 신화나 중국
의 신화를 이야기하는 신화박물관보다는 제주적이다. 하지만
제주적인 것만으로는 신화박물관이 되지 않는다.

서광리에 생기는 제주신화역사공원은 한국의 신화가 한
류의 신화권으로 폭넓게 이야기되는 신화역사공원으로 완성
되길 바란다. 물류단지에는 오리엔탈의 신화와 서양의 신화를
선전해도, 제주 신화 구역에 오면 제주 신화가 살아있는 공원,
축소되지 않은 실물 크기의 계획들이 하늘의 별처럼 펑펑 쏟아
져 내리는 제주 신화의 보물창고가 됐으면 좋겠다.

| 2015. 08. 25. 한라일보 |

제주 신화의
'돌트멍(돌틈)'을 열며

병신년에도 왁왁한 어둠은 어김없이 열렸습니다.
천지개벽(開闢)하여 신 새벽에 첫닭이 울었으니,
나, 나의 근본(本)은 설문대할망 자손이란 것 말고는
더 자랑할 것 없는 나, 나의 태손땅은,
어머니가 내 탯줄 태워 작은 항아리에 담아,
동새벽에 어머니만 아는
삼도전거리 비밀한 곳에 묻어두었던 태손 약,
피부병에 발라주면 직통으로 낫는다는
태 사른 재를 묻은 땅이라는
나의 '태손땅', 나의 본향은 제주시 동문 밖 건들개라 합니다.
나, 제주의 토종 원주민 문(文) 아무개는

문학과 낭만, 제주 신화를 통해 여러분을 만났고,

앞으로 남은 시간을 함께 살아갈 병신년을 시작하며,

우리 사랑하며 같이 살아가야 할 여러분과 나에게

희망의 메시지를 띄워봅니다.

우리가 지난 을미년에 꿈으로 설립한 제주신화연구소는

병신년에는 꿈을 하나씩 이루어 나가야 할 거라 생각합니다.

제 몸과 마음을 다 드리고픈

제주 신화를 사랑하는 제주도민 여러분.

어둠을 뚫어야 빛이 들고,

물꼬를 찾아야 우물을 팔 게 아닙니까.

올해는 이사도 가고, 새로운 사업도 해야 합니다.

때문에 몸을 만들기 위해 새해 첫날에

저는 충청도에서 열리는 신년맞이 단식 페스티벌에 다녀왔고

지금도 10일 단식을 계속하고 있습니다.

신화에 다가가기 위해서 피를 정화하고 싶었습니다.

신화는 하늘과 땅, 신과 인간 세상을 굽가르는

이야기 아닙니까?

신화 이야기는 틈을 찾아 굽을 가르는 일이라 생각합니다.

제주도가 아무리 '돌벵듸'라 해도 돌트멍에서

원석을 찾아내 다듬으면

만년을 산다는 한라생수가 아닙니까?

우리에게 주어진 제주 신화 공부와 연구는

제주가 우리에게 일깨워 주는 의미의 크고 작은 틈을
구분하고 정리해내는 일이라 생각합니다.
여러분.
우리 병신년엔 제주 신화의 돌트멍을 ᄒᆞ꼼만 열어봅주.
너무 펼치진 말고 필요한 만큼만 열어봅주.
'벨라진 것'들은 글과 말이 출세의 수단이겠지만,
나는 병신년에 적어도 육갑은 떨지 말아야지 하며
쓸쓸하게 웃어봅니다.
설문대할망의 자손 우리, 원주민과 이주민이 모두 하나 되어,
탐라 제주에 민족과 세계가 하나 되는
광명의 새 세상을 만들어 봅주.
그날 만나 우리 모두 같이 환하게 웃어 봅주.

병신년 1월 5일 자정 영등바람 올림.

비새의
울음 같은
한(恨)의 미학

제주의 굿에는 제주 사람들의 생활 속에서 얻은 아름다움에 대한 경험과 지혜가 녹아 있다. 그래서 제주 굿은 눈물이 많다. 인정이 많다. 인정은 마음이 젖어 있는 것이고 촉촉이 적시는 것이다. 젖어 있는 마음을 몰라줄 때 칭원하고 원통한 것이다. 제주 사람들은 '젖어 있는 것은 아름답다.'라는 미의식을 지니고 있다. 굿을 하면 사람이 젖는다. 많이 운다. 인정이 넘쳐나기 때문이다.

제주 사람에게 인정은 현실세계에서 주고받는 정이기도 하지만, 망자와 산 사람, 이승과 저승에 주고받는 돈 거래도 인정이라 한다. 저승 열두 문에 인정을 걸어야 저승문이 열리고 망자는 저승으로 떠난다. 이승에 미련을 버리고 저승 상(上)마을로

가 나비로 환생하라고, 저승 열두 문에 돈을 건다.

그리고 심방은 눈물을 흘리며 산 사람과 죽은 사람을 울린다. 심방은 죽은 사람을 대신하여 눈물수건으로 눈물을 닦으며 죽은 망자의 영혼이 하는 이야기를 살아 있는 사람들에게 들려준다. 많은 눈물을 흘리고 한을 풀어야 저승에 간다. 실컷 울고 저승에 간 망자는 울지 않는다. 생전에 마음에 맺힌 한을 풀었기 때문이다. 저승으로 떠나지 못하여 죽음에 버려진 망자들만 흐느끼고 있는 것이다. 그것이 구름이요 바람이다.

한풀이는 눈물을 통해 죽은 자와 산 자가 이야기하는 것이다. 이를 '영개울림'이라 하며, 이때 심방이 사용하는 '눈물수건'은 영혼의 울음, 해원(解寃)의 증거물이다. 젖어버린 눈물수건은 산 사람과 죽은 사람의 대화를 가능하게 하여 과거와 현실을 통하게 하고 그 교감이 민중의 역사를 만들어 왔다.

죽은 영혼이 흘린 눈물 자국은 과거이며 역사다. 굿은 과거에 살았던 사람들의 이야기를 듣고 살아남은 사람들이 죽은 사람들과 과거의 오해를 푸는 것, 과거와 현재를 이어주고 통하게 하는 역사적 만남과 소통이다. 억울하게 죽은 자는 억울해서 너무나도 슬피 운다. 굿은 과거의 억울함을 푸는 한풀이이며 역사적 해원이다. 난리에 억울하게 죽은 자를 '군병' 또는 '잡귀'라 하는데, 주인이 없는 귀신이기 때문에 배고프고, 의지할 데 없어 구천을 떠돈다. 구름 길 바람 길을 떠돈다. 억울한 죽음인데 물 한 그릇 밥 한 그릇 주는 이 없다. 따라서 해원의 의미는 바람을 잠재우듯이 억울한 죽음을 정당화해주고, '의로운 죽음'으로 자리매김하여 영혼을 저승 상마을로 보내는 의식이다.

　제주 사람들은 굿을 통하여 울고, 눈물을 통하여 과거를 정리하였다. 사람이 죽으면 영혼은 하늘로 올라가고 땅에는 차가운 육신만 남는다. 영혼과 육신의 분리는 죽음의 의식에 의미가 없다. 혼을 불러 차가운 육신에 혼을 씌우고 저승 옷을 입히고 짚신을 신겨주고 노잣돈을 가지고야 저승에 가서 새로운 삶을 살 것이다. 혼을 부를 때는 죽은 사람이 생전에 입었던 속옷을 들고 부른다. 이 속옷은 생전에 일을 하며 땀 밴 옷, '땀 든 의장'이라 한다. 죽은 자의 몸에 생전에 입던 땀 밴 옷을 덮는 의식은 영혼을 씌우는 재생의 의미를 지닌다. 제주 사람들은 눈물수건에 잃어버린 과거의 삶을 그려보고, 땀 밴 옷을 통하여 망자의 삶을 재생하며 생전 모습으로 저승에 보내는 굿을 해왔다.

　따라서 굿은 산 자와 죽은 자의 대화의 통로이면서 제주 사람만이 지니는 인정, 제주 정신의 토대가 되는 미의식, 정서를 만들어 왔다. 제주 정신의 토대는 '역사 체험의 정서', '생산 노동의 정서', '비판적 변증법적 정서'를 통하여 완성된 한(恨)의 미학이다.

미친 여자를
치료하던 그날의
도체비굿

나는 오래전에 비새[悲鳥]의 슬픈 노래 같은 굿이 '진짜 제주 굿'이라는 얘기를 자주 들었다. 익어가는 슬픔, 닻 감는 소리, 내 냉기는 소리라 부르는 '서우젯소리'에 실려 파도처럼 넘어가는 슬픔의 바다를 보고, 그때 "이게 비새의 울음으로 표현되는 바로 제주굿"이라 감동했던 나는 그 굿을 정리하여 장편의 해원 굿시 "이 아이 넋 들여 줍서"를 썼고, 나의 두 번째 시집 《날랑 죽건 닥밭에 문엉…》에 발표했다.

나는 아직도 비새의 울음 같은 슬픔의 굿판을 완전하게 그려낼 순 없지만, 30년 전 구슬공장에 돈 벌러 갔던 한 처녀의 몸에 들린 도깨비를 놀리던 '영감놀이'가 비새의 울음으로 제주 미학을 충분히 얘기해 줄 것임을 믿는다.

　도깨비를 제주도에서는 '도체비'라 하며, '영감', '참봉', '야
채', '뱃선왕'이라고도 한다. 그리고 도체비를 놀리는 굿을 '영
감놀이'라 한다. 도깨비는 춤 잘 추고, 술 잘 먹고, 노래를 잘 부
르며, 놀기를 좋아하는 '천하 오소리 잡놈'이라 하니, 그야말로
예술을 아는 광대의 신, 축제의 신, 술의 신이다.

　1984년 3월에 보았던 도체비굿은 미친 사람을 위해 하
는 '영감놀이'로 두린굿이라 했다. 굿을 하는 연유는 서울 왕십
리 구슬공장에 돈 벌러 갔던 19세 처녀가 정신병이 들어 고향
에 돌아왔기 때문이었다. 병의 원인은 제주도에서 '영감신'이
라 부르는 도깨비가 범접했기 때문이라 했다. 심방이 말하길
처녀가 공장에서 죽도록 일만 하다가 화장실에서 목매달아 죽
은 젊은 청년을 보고 놀라서 미쳤다 했다. "넋 들어 줄 사람 없
어, 이 불쌍한 아이, 고향 함덕리 평사동에 돌아와 두린굿을 하
게 됐다."고 했다.

　아픈 연유를 닦은 심방은 이어서 '서우젯소리'를 비새의
울음 같이 불러 나갔다. 서우젯소리는 한의 가락에 맞추어 신
명으로 부르는 비새의 울음소리라 하였고, '내 냉김 소리'라고
도 했다. '내'는 '물살' 또는 '파도'를, '냉김'은 '넘김'을 뜻하니 파
도를 타고 넘듯 삶의 극한적 어려움(=병)을 극복해 나가는 한
(恨)의 가락이라는 이야기였다. 환자는 심방이 부르는 '서우젯
소리'에 맞추어 춤을 추었다. 서우젯소리는 환자가 춤을 추고
쓰러질 때까지 3일 동안 계속되었다.

서우젯소리는 귀신과 생인을 울리는 비새의 울음이었으며, 귀신을 생인으로부터 떨어져 떠나가게 하는 노래였다. 심방의 서우젯소리에 환자는 울다가 춤을 추고, 춤을 추다 울었다. 우는 환자는 생인의 참모습이요, 춤추는 환자는 환자에게 범접한 귀신의 모습이었다. 귀신을 놀리는 것은 춤이었고, 생인 환자를 놀리는 것은 눈물이었다. 환자가 정신없이 춤을 추다가 쓰러지면, 심방은 환자의 몸에 빙의한 도체비가 바로 처녀가 사랑했던 죽은 청년(情人)이란 자백을 받아낸다.

30년 전에 내가 보았던 도체비굿 '영감놀이'는 제주인의 한풀이 미학을 설명해주는 아름다운 굿이었다. 지금도 나는 사랑하는 사람을 잃고 병든 처녀가 있다면 심방을 빌려다가 "이 아이 넋 들여 줍서." 하고 두린굿을 부탁하고 싶다.

| 2016. 10. 04. 한라일보 |

서우젯소리는 귀신과 생인을 울리는

비새의 울음이었으며

귀신을 생인으로부터

떨어져 떠나가게 하는 노래였다

심방의 서우젯소리에

환자는 울다가 춤을 추고

춤을 추다 울었다

「미친 여자를 치료하던
그날의 도체비굿」 중에서

귀덕 복덕개의
영등맞이
바람축제

음력 2월 초하루, 서북계절풍을 몰고 오는 바람의 신 영등할망이 한류의 북녘 끝에 있는 시베리아의 영등나라에서 바람주머니에 영등바람을 담고 제주 한림읍 귀덕 복덕개 영등올레에 도착하는 날이다. 며칠 전, 제주시에 사는 귀덕리 명예 이민인 나는 귀덕에 사는 강요배 화백과 전화로 인사를 했다.

"영등굿 한다는 소식 엇네 이?"

"영등굿 하게 되면, 연 날려시믄 조으켜."

바람만 좋으면 연을 날리고 싶다는 친구의 말을 들으며 초하룻날 복덕개에서 만나자는 약속만 하고 통화를 마쳤다. 영등을 안다는 우리는 할망과 바람을 혼동한다. 할망이 바람이니까. 영등이 어디서 와서 어디로 떠난다는 여러 이야기는 많지

만, 정설이라 할 수 있는 것은 귀덕 복덕개로 들어와 소섬 질진
깍으로 떠나간다는 것이 맞는 것 같다. 바람도 할망도.

음력 2월 영등달에 부는 바람을 맞이하여 벌이는 굿을 영
등굿이라 한다. 힘주어 말하면 영등 들어 15일 동안 하는 바람
축제가 영등굿이다. 이때 바람처럼 영등할망은 마지막 꽃샘추
위와 봄 꽃씨를 가지고 제주 섬을 찾아오는데, 할망이 맨 처음
도착하는 바람길의 올레가 한림읍 귀덕리 복덕개다. 이곳을 제
주 사람들은 영등할망이 들어오는 '영등올레'라 불렀다.

시베리아 영등나라에서 하르방이 제주의 봄을 완성하는
데 필요한 온갖 씨앗을 할망의 바람주머니에 담아주면, 할망
은 그 바람주머니를 차고 식솔들과 날씨를 보는 일관들을 데
리고 제주에 온다. 그들은 할망을 도와 한라산과 너븐드르[平
野] 그리고 바당밭[海田]까지 씨를 뿌리고, 음력 2월 15일에 제
주를 떠나간다.

할망과 할망의 식솔들이 씨를 뿌리는 바람축제를 영등큰
굿 대축제라 한다. 그러므로 영등 초하루 귀덕 복덕개 영등신
맞이부터 시작하여 칠머리영등굿을 중심에 두고 영등 15일 소
섬 질진깍에서 배를 보내는 송별제까지, 하루도 빠짐없이 바람
길을 걸으며 성지를 순례하듯 꽃을 피우고 씨를 뿌리는 '영등
15일 큰굿'을 완성하는 것이 제주 영등큰굿 축제의 완성이다.

영등 2월 초하루에 한림 귀덕리 복덕개 영등신맞이는 영
등달 15일 동안 이루어지는 바람맞이 영등큰굿의 시작이다.

그리고 이 바람축제의 시작은 복덕개에 조성된 영등신화공원을 제주 전 지역에 홍보할 수 있는 기회가 될 것이다. 복덕개 신화공원 영등올레에서 바람길을 트면서, 바람길을 따라 만들어지는 새로운 문화지도는 영등올레길이란 성지순례길을 우리에게 선물해 줄 것이다. 따라서 귀덕리 복덕개 영등맞이 바람축제는 단순한 전통축제의 복원이 아니라 미래의 청소년들에게 우리가 세계인들에게 자랑할 수 있는 것이 무엇인가를 일깨우는 전통문화축제가 될 수 있겠다.

《신증동국여지승람》이나 《탐라지》에 기록돼 있는 애월, 귀덕, 김녕 등지에서 연행되었다는 영등신맞이 요왕맞이와 떼말놀이(躍馬戲)는 "떼배 앞에 말머리 같은 장식을 달아 뭍에서 연행하는 세경놀이나 말놀이를 하듯 터우(떼배)를 타고 바닷가 연변을 돌며 씨를 뿌리는 씨드림(播種)의 한 형태"라는 필자의 적극적 해석에 따르고 있다. 다시 말하면, 귀덕 복덕개 영등신맞이는 우리의 민속에 대한 적극적인 재해석을 통해 해양 실크로드 바닷길을 밟아 세계로 뻗어나가려는 제주인의 꿈도 담고 있다.

다라쿳당을
태운 불

세상은 달라지고 있다. 좋은 세상이 오고 있다. 촛불의 천심이 세상을 구해, 모든 게 제자리를 잡아가고 있다. 앞 사람이 오죽했으면 사람 냄새만 풍겨도 그렇게 아름다운가. 이렇게만 가면, 우리도 살 만한 세상을 그릴 수 있어 기분이 좋다.

그런데 내가 사는 제주시 월평동 중앙고등학교 앞동산 '신동이모루(지명)' '다라쿳(지명)'에 있는 월평동 본향 다라쿳당이 불에 탔다는 신문 기사를 읽고 내게 와서 "다라쿳당이 불탔젠 마씸." 하며 심각하게 전해주는 친구가 있었다. 신당은 절이나 교회처럼 마을 사람들이 기도하는 성소로 본향당이라 한다. 나를 아는 사람은 다 알겠지만 50년 동안 이 분야의 연구를 하다 보니, 예수나 믿었으면 천당에나 가지, 그 하찮은 미신 연구만 하니까 늘 그 모양이라고 나를 일러 '추초봉상(秋草逢霜)' 가을풀이 서리 만난 격이라며 쓸쓸한 날 놀려먹기도 한다.

　　이젠 문화재위원도 아니니까 그런 데 신경 놓아야겠다면서도 기사를 보며 깜짝 놀랐다. 군밤 닷 되 심어 싹트기를 기다리듯 죽은 나무에 또 물을 주고 싶었다. 내가 읽은 기사는 너무나도 냉정하고 담담하게 사건을 이야기하고 있었다. 기사에 나온 당의 화려한 지전물색은 다라쿳당 것이 아니었다. 불타는 현장의 처참함에 대한 분노가 일어나지 않았다.

　　"제주도 민속자료 월평 다라쿳당 신목은 불에 탔고…(5월 17일 수요일) 소방 당국에 따르면, 지난 16일 오후 5시 44분쯤 제주시 월평동 다라쿳당 신목인 천선과나무가 불에 탔다는 신고가 접수됐으며, 현장 감식 결과 신당 안 신목 밑에 제사를 지낼 때 사용하는 양초와 향로가 발견됐다."

　　소방 당국은 제주의 몇 안 되는 신당 유적의 훼철에 대한 심각한 의미 부여가 없었다. 다만 "다라쿳당은 보호수로 지정된 커다란 팽나무가 당을 지켜주는 모양을 하고 있고, 천선과나무를 신목으로 하는 특징이 있으며, 원형이 잘 유지돼 2005년 4월 제주특별자치도 민속자료 제9-5호로 지정됐다."고 하여 민속자료의 가치만을 얘기하다 말았다.

　　다라쿳당의 중요한 가치는 좌정하고 있는 여러 신들, 바로 산신백관 산신대왕, 은기선생 놋기선생, 허물할망 보제또 이야기에 있다. 그리고 신당 밑에 묻혀있는 자기류의 무덤, 그리고 《황금 가지》와 같은 인류학서에 언급되는 고대제사 유적의 흔적도 간직하고 있는 중요한 신당유적이라는 것이다. 다라쿳당의 화재는 돈으로 살 수 없는 '당 오백 절 오백' 중 하나, 하늘로 가는 너무나 아름다운 당올레가 불에 탔다는 절망감을 주었다.

　　이런 사고가 왜 일어났으며, 우리는 문화지킴이 역할을 잘 해내고 있었는지 반성해야 한다. 우리 문화경관의 아름다움을 지켜내는 것은 제주의 생명을 지키는 것이다. 불꽃의 생명을 살려내지 못하는 것은 반생명적 죄악이다. 남의 성소에 와 불을 낸 사건에 중요한 해결점을 찾아야 한다. 우리의 생명을 지켜주는 토주관을 죽이려는 음모, 촛불을 끄려는 반역의 불이 모르는 시간에 우리의 공동체와 우리의 문화재를 좀먹고 있다는 사실에 대한 각성이 필요하다.

　　100만 평의 오라벌에 메밀을 심고 보리를 갈아 관광객을 유혹하는 것도 중요하지만, 마을의 성소인 신당을 보존하는 것 또한 중요하다. 다라쿳당의 화재는 작은 사고가 아니었다. 사고가 난 지 열흘이 지났지만, 걱정이 되어서 며칠 전 다라쿳당에 가 보았다. 불이 난 뒤여서인지 신당이 캉캉 말라 있었다. 우리 제주 사람들만이라도 이곳에 들러, 실수로 저지른 인재를 사죄하며 신의 노여움을 풀어드리자.

| 2017. 05. 30. 한라일보 |

설문대할망이
놓다 만 다리

제주를 만든 설문대할망은 세상이 제법 사람이 살 만한 세상으로 완성되어갈 때쯤에 제주 사람들에게 이상한 제안을 했다.

　"탐라 백성들아. 나에게 속옷 하나 만들어 주면, 육지까지 다리를 놓아주마."

　설문대할망 신화에서 100은 '온(모든 것)'을 뜻하며, 설문대할망의 완전함과 넉넉함을 뜻한다. 그런데 99는 탐라 백성을 나타내는 수로 모자람과 아쉬움을 뜻한다. 제주 사람이 느끼는 설문대할망 콤플렉스는 100을 채울 수 없는 99의 한계 때문에 생기는 비극이다.

　탐라 백성들이 거대한 설문대할망에게 만들어 바쳐야 할 속옷은 제주도를 담을 만큼 무지무지 큰, 예를 들면 장자에 나오는 붕새(鵬鳥)의 날개만큼이나 큰 속옷이었다. 그리고 이 할망의 속옷을 만드는 데는 100통의 명주가 필요하였다. 하지만 탐라 백성들이 제주에 있는 명주를 다 끌어모아도 99통밖에 되지 않았다. 결국 한 통이 모자랐기 때문에 탐라 백성들이 짠 할망의 속옷은 완전한 하나의 완성품이 될 수 없었다.

1통이 모자란 99통으로 만든 미완성의 속옷은 할망이 만족할 만한 아름다운 속옷이 되지 못했다. 그 속옷은 위대한 생식과 생산의 음문을 비밀스럽게 감추지 못하고 할망의 음부를 벌겋게 드러내게 했다. 그것은 아름다움과 예의 염치를 아는 여신의 권위를 실추시켰다. 할망은 우스꽝스러운 미완성의 속옷 때문에 화가 났으며, 제주 사람은 100통이 안 되는 99통의 명주를 놓고 완성품을 만들 수 없어 절망하였다.

할망은 너무 크고 너무 힘이 세었지만, 부드럽고 아름다운 모습으로 백성들 앞에 정말 멋진 속옷을 입고 나타나고 싶었다. 그러나 그녀의 음부가 드러난 부끄러운 속옷, 미완의 속옷 때문에 화가 나 육지까지 다리 놓는 일을 그만두어 버렸다.

지금도 설문대할망이 다리를 놓다 만 흔적은 제주시 조천읍 조천리 바닷가 '엉장매코지'(지명)에 그 흔적이 남아있다. 얼마나 큰 토목공사였을까 하고 찾아가 보면, 신화가 말해주는 거대한 토목공사, 제주에서 육지까지 놓으려던 거창한 신화 상징물로 보이진 않는다. 도지사나 시장들이 시민에게 세금을 받고 선심 쓰듯 놓는 지금의 다리와 별로 다를 것 없는 정도의 흔적이다. 세계지도를 바꾸는 제주형 거녀신화에 값하는 다리, 제주와 육지를 이을 정도의 다리가 아니다.

사람들은 실망한다. 신화는 폄하되고 한 마을의 지명전설로 남아 전할 뿐이다. 그리고 사람들은 말한다. 신화가 되기엔 너무 초라하다고. 제주도에는 그런 거창한 설문대할망 신화는 없었다고.

"탐라 백성들아. 내 속옷 하나 만들지 못하는 사정을 모르는 건 아니여. 제주도 어딜 강 봐도 어신 건 어신 거주. 어느 세월에 다릴 놓을 거라. 내 생각엔 배 탕, 육지 강, 명주를 사당, 속옷을 만들면 될 거 아니가?"

그렇게 해서 할망은 제주 백성들에게 배를 타고 육지 나가 세상을 돌며 무역 장사를 하게 하였다. 그때부터 삼한을 왕래하며 무역을 하게 되었다고 후대의 역사서 '삼국지 위지동이전'은 무역의 역사를 기록하였고, 탐라 백성들은 조금이나마 설문대할망 콤플렉스를 극복하는 방법을 배웠다.

죽음을
완성하는 공간

제주말[濟州語] 가운데 아름답고 신비로운 말은 신화나 큰굿 속에 남아 전해 온다. 찾아서 말해주면, 지금도 갸우뚱하는 제주 사람이 많다. 내가 말하려는 '미여지벵뒤'도 그런 말이다.

거기엔 제주 사람이 그리는 저승의 그림이 숨어 있다. 죽어서 가야 할 곳이어서 그런지 뜻이 어렵단다. "미여지벵뒤? 그런 말도 이서? 무신 뜻이라?", "뜻은 막 깊수다. 15일 동안 하는 큰굿을 다 봐야 조금 알아집니다." 나는 지인에게 심각하게 "제주 사람은 이 벵뒤가 무신 벵뒨지 잘 알아야 저승에 갈 수 있수다."라고 말해 두고, 제주말 사전은 뭐라 설명하고 있는지 들춰 보았다.

사전에 '미여지-벵뒤'는 "아무 거침없이 트인 널따란 벌판”이며, 가시, 김녕, 조천리 등지에서 쓰이는 말이라 적혀 있었다. 제주 사람도 잘 모르는 말이란 것 같아 좀 실망하였다. 알아도 그만, 몰라도 그만인 단어처럼 쓰여 있어 섭섭했다. 제주 사람 모두가 알아야 할 말인데 말이다. 다시 한번 강조한다면, ‘미여지뱅뒤’는 제주 사람에게 산 자와 죽은 영혼이 마지막으로 이별하는 공간이기 때문에 미학적이고 문학적이며 철학적인 제주어라 말하고 싶었다.

2012년, 나 때문에 심방이 됐다는 불행한 친구 정공철이 하신충(심방의 석사과정 정도)이 되는 신굿이 성읍리에서 있었다. ‘영계돌려세움’에서 나는 나비가 되어 나를 찾아온 당신의 영혼을 만났고, ‘미여지뱅뒤’에서 이별했다. 그 체험이 없었다면 나는 지금도 ‘미여지뱅뒤’를 사전에 나온 것처럼 딱딱한 의미로 정의하고 있었을 게다. 큰굿의 열네 번째 날, 굿이 끝나갈 무렵 저녁에 나를 찾아와 내 주위를 맴돌던 나비 한 마리를 보았던 체험이 없었다면, 지금도 ‘미여지뱅뒤’가 아름다운 삶을 마감하는 자리이며, 죽음의 의미를 완성하는 인생의 공부처라는 것을 몰랐을 거다.

죽은 망자가 더 갈 데 없는 이승의 끝, 미어진, 버려진, 고사목과 가시나무만 황량하게 펼쳐진 황무지 같은 벌판. 생명이 살아갈 수 없는 저승의 입구이자 산 사람과 망자가 이별하는 곳.

‘미여지뱅뒤’는 굿을 통해 망자의 죽음을 완성하는 공간이다. 현실 세계를 떠나지 못하는 망자가 무거운 삶의 멍에, 욕망의 덩어리이자 슬픔의 사슬을 벗어 이승의 끝에 펼쳐진 황무지의 가시낭에 걸쳐놓고, 남아서 더 살아야 할 내가 마지막으로 만들어준 옷과 짚신을 신고 가볍고 홀가분한 마음으로 저승으로 떠나는 곳.

　특히 제주 사람에게 '미여지뱅뒤의 이별'은 맑고 공정한 대별왕의 저승법을 통해, 소별왕이 다스리는 타락한 인간 세상을 정화하는 과정이기도 하기에, 꼭 알아두어야 할 제주말임을 강조해 두고 싶었다.

바람길을 여는
우주목

2018년 무술년의 겨울은 춥고 길었다. 영등할망이 가르쳐 준 이치에 따르면, 겨울이 가고 다시 영등할망이 와서 남은 겨울들, 소위 꽃샘추위를 다 거두어 가야 바야흐로 봄이 오는데, 올해는 잘 맞지 않는 것 같다. 제주 날씨의 변덕이야 받아들일 수밖에 없지만 "올해는 헛영등이 왐신가?" 하며 영등할망이 오는 날을 손꼽아보니 아직도 영등이 오시려면 일주일은 더 남아 있었다.

2월 초하루를 기다리다 보니 귀덕리에서 흥미로운 소식이 들려왔다. 영등 초하루 제주영등큰굿의 첫째 날 영등큰굿의 초감제로 하는 '영등신맞이'에서 제일 먼저 복덕개 영등신화공원 궤물동산에 영등큰대를 세운다는 것이었다. 영등올레에서

영등큰대가 하늘을 향해 용트림하듯 바람에 휘날리며 제주영
등큰굿의 시작을 알린다면 뜻밖의 기적을 만들어낼 것 같은 잔
잔한 감동이 전해왔다. '바람코지'인 영등올레에 하늘길을 여
는 영등큰대가 세워져야 비로소 제주에 영등이 온다는 것을 우
리에게 자랑스럽게 들려주는 것 같아 기뻤다.

몇십 년 만에 처음으로 맛본 북방 혹한의 마지막 추위를
거두어 가고, 영등할망의 바람주머니에서 따뜻한 바람을 쏟아
낼 것 같은 봄소식이 새삼스럽지 않았다. 가지고 온 주머니를
풀어 온갖 봄 꽃씨와 해초 씨를 뿌리고 가는 할망을 맞이하고
보내는 15일의 바람축제를 영등큰대의 바람으로 그려보게 되
었다.

시베리아에서 발생한 영등바람은 귀덕 복덕개 영등올레
로 들어와 한라산과 산방산, 교래를 거치고 송당을 거쳐 수산
울레모루 하로산과 신양리 하로산또 브름웃도 같은 바람신들
이 지키는 당들을 경유해 소섬으로 간다. 또 다른 바람은 해안
따라 제주시 건입동 칠머리를 지나 김녕, 종달, 오조, 성산을 거
쳐 우도 소섬에 모여 영등 15일에 질진깍에서 먼바다로 떠
난다. 그래야 봄이 오는 것이다. 영등달 초하루 귀덕 복덕개에
영등큰대가 세워지고 영등달 15일 우도 질진깍에서 배를 띄
워야 영등큰굿이 끝나기 때문에 복덕개 궤물동산에 영등큰대
가 세워지는 것은 제주 전역의 영등큰굿 시작을 알린다는 의
미를 갖는다.

'하늘로 통하는 제주에서 제일 큰 우주목' 영등큰대에 달린 '천지월덕기(龍旗)'가 바람에 날리면 바람의 신 영등할망이 식솔들, 영등대왕, 영등하르방, 영등좌수, 영등호장, 영등며느리, 영등딸, 영등도령 들을 데리고 맵찬 바람을 일으키며 제주에 오실 것이다.

영등이 드는 날 처음 하는 귀덕리 영등신맞이가 새로운 굿이 되려면, 한라산과 세경너븐드르(平野), 갯가 연변에 씨를 뿌리고 거리거리마다 신명을 살려내는 바람축제가 되어야 할 것이다.

제주도를 굿판으로 생각하고 우주의 중심에 하늘길을 여는 우주목, 영등큰대를 해마다 영등초하루에 복덕개 영등신화공원 궤물동산에 세우는 축제, 시베리아의 서북계절풍과 북두칠성으로부터 이어지는 하늘길을 잇는 '제주영등큰대 세우기'로 영등큰굿의 시작을 만천하에 알려야 하겠다.

운주당
성숲[聖林]

필자는 2018년 일도1동 역사문화지 지명유래 조사 때문에 최근 '운지당(운주당)'의 복원과 발굴 현장을 돌아보게 되었다. 1996년《제주시 옛지명》조사 당시 시내 5개 동(일도, 이도, 삼도, 건입, 용담동)과 도두, 오라동까지 조사하고 집필했던 적이 있다. 그때 제주신당 연구에서 미처 생각지 못했던 항목, '성숲'의 발견은 마을의 생태와 역사, 문화를 설명할 수 있는 중요한 단초를 마련해 줄 것 같아 다시 일도1동을 조사하게 되어 즐겁고 신명이 났다.

　마을에는 돌, 나무, 바위, 바람, 꽃, 오름 같은 제주 자연이 아닌 제주 사람들의 냄새를 풍기는 요소들이 있다. 밭담, 올레, 환해장성, 신당처럼 제주 사람들의 정신을 느끼게 하는 문

화경관이다. 그중 마을의 본향당과 같은 성소(聖所)는 역사와
문화를 고스란히 보여주는 장소이다.

　　일도1동의 본향당인 '운지당'은 '거룩한 장소'로서의 성지
(聖地) 또는 성소(聖所)이기도 하지만, 종합적인 문화공간, 도시
의 숨통인 '성숲'이 될 수도 있다. 신들이 하늘에서 내려오는 신
목으로 제주산 폭낭이 있는 숲이 있고, 그 안에 본향당이 있는
데, 이곳은 아이들의 놀이터, 일도동 사람들의 쉼터로서 일도
동의 역사와 문화가 살아 숨쉬는 '운지당-성숲'으로 완성되었
으면 한다.

　　제주시 일도1동 동문시장 뒤쪽에서 구 영락교회(지금의
정한아파트)로 올라가는 중간에, '운지당 당터집'이 있다. 이 집
의 북벽에 지금도 큰 나무가 하나 있는데, 이 나무를 신목(神
木)으로 하여 제단과 울타리가 있는 신목형·제단형·석원형의
신당이었다고 한다. 지금은 마늘밭이다. 도시 중심에 이런 공
터가 있다는 게 의심스럽다. 그러나 '당이 있던 곳은 무엇이든
함부로 할 수 없는 센 터'이기 때문에, 주택 짓기를 꺼리고 있
을 것이다.

　　'운지당' 또는 운주당(運籌堂)은 신들의 영험이 아주 센 당
이었다 한다. 좌정하고 있는 신들은 동편 큰도안전(本鄕神), 서
편 보조마누라(브제또-皮膚病神), 일곱아기 단마실충(兒靈守護
神), 간성할망(城郭守護神), 옹성할망(城郭守護神), 과원할망(果園
守護神), 굽은 돌 아래 영감님(도깨비) 등 열두 흉험과 조화를 부

리는 신들이다. 많은 신들이 좌정하고 있는 다신합좌형(多神
合坐形) 도시형 본향당이었다. 운지당은 정해진 제일은 없었
고, 날을 보고 생기에 맞는 날을 택일하여 찾아가 치성했다
고 한다.

《증보탐라지(增補耽羅誌)》에는 "제주읍 일도리 동성 안에
있다. 1566년 병인 명종 21년에 목사 곽흘이 동성을 세우면서
높은 구릉에 운주당을 창건하고 이산해가 제액하였다. 1682년
임술 숙종 8년에 목사 신경윤이 중건하였고, 1743년 계해 영
조 19년에 목사 안건운이 증수하였다. 1892년 임진 고종 29년
에 화재로 소실되자 찰리사 이규원이 개건하였다."라는 기록
이 보인다.

원래 운주당(運籌堂)은 관아의 건물이었으나, 후에는 일
도동의 마을 수호신을 모신 '일도동 본향당'으로 널리 알려졌
고, 이 운지당으로 올라오는 길을 '운지당질', 길 주변 마을을
'운지당골', 주변의 들판을 '운지당드르'라 하였다. 이 모두를 일
도동의 '운지당 성숲'이라 부르자.

2부

마지막
문서 연락병

4월,

비새[悲鳥]가 와서

슬피 우는

봄

역사맞이
해원상생굿

우리에게 역사란 무엇인가. 평범한 제주 사람들이 새 천년 새 해에 맞이해야 할 4월의 역사란 무엇인가. 특별법이 통과되어 세기말 단 하나의 희망이 되었던 우리들의 4·3. 사람들은 기대에 부풀어 4월의 위령제를 어떻게 치를까 고민하고 있다. 4월 바람이 불어오고 있는 것이다.

집이 불타고, 함께 살던 이웃도 허망하게 죽어 가던 시절, 어쩌다 살아남아서는 그 모질고 쓰라린 아픔을 떠올리기조차 싫은 4월의 바람을 우리는 어떻게 잠재워야 할까. 예수나 믿었으면 천당 가고, 부처나 믿었으면 극락에 갈 텐데, 무자·기축년 난리에 억울하게 죽어 저승도 못 가고 이승에도 올 수 없어 구름길 바람길에 떠도는 군병·잡귀가 된 4·3의 영령들을 우리는 어떻게 풀어줄 수 있을까.

4월의 바람 속에는 억울한 영혼들이 떠다닌다. 제주 사람에게 역사는 4월 바람을 잠재우는 '풀림의 역사'다. 왜곡된 역사를 바로잡고, 감추어진 진실을 드러내어 밝히는 '억울한 죽음을 해원(解寃)하는 역사'란 것이다.

굿은 눈물을 통한 해원이다. 4·3이란 역사 앞에서 죽은 자와 살아남은 자가 함께 만나 억울함을 해원하는 것이 해원굿이다. 굿을 통하여 '역사적 해원'의 의미를 찾아내어 역사의 행간에 가려진 '쓰이지 아니한 역사'를 하나의 역사로 인식하는 것은 역사를 역사화하는 작업이다. 역사화한다는 것은 '억울한 죽음'을 '의로운 죽음'으로 신원하는 것이다.

난리에 억울하게 죽은 '군병·잡귀'는 주인이 없는 귀신이기 때문에 배고프고, 의지할 데 없어 구천을 떠돈다. 억울한 죽음인데 누구 하나 물 한 그릇 밥 한 그릇 주는 이 없다. 그러므로 굿을 하여 억울한 죽음을 정당화해주고, '의로운 죽음'으로 위령하고 영혼을 저승 상마을로 보내야 한다. 이러한 굿이 해원상생의 굿이다. 제주 새 천년의 4월제는 20세기에 이루어진 비극의 정치사를 21세기에 이룩해 나갈 희망의 문화사, 민족사로 일구어 나갈 역사맞이 해원상생굿이 되어야 한다.

상생이란 저승으로 가는 죽은 자와 이승에 남은 산 자가 더불어 산다는 의미이다. 이승에 미련을 남기면 저승으로 갈 수 없다. 망자의 부정은 이승에 남겨둔 한(恨)이다. 한을 풀어

주는 자는 이승에 남아 있는 산 자의 몫이다. 죽어서 억울한 조상과 살아서 부끄러운 자손이 모두 역사 앞에 떳떳할 수 있도록 억울한 죽음을 위령하고 더불어 하나 되게 하는 것이 '상생굿'이다.

그러므로 상생굿은 죽은 자와 산 자의 만남을 위한 상생의 다리를 놓는다는 뜻이다. 다리를 놓는다는 말에는 차례와 순서를 밟는다는 뜻이 있다. 과정을 밟는다는 뜻도 있다. 그리고 신과 인간이 만날 수 있는 길을 놓는 것이다. 그러므로 신길을 밟는다는 것은 질서의 회복이면서 동시에 신과 인간이 더불어 사는 상생의 의미를 지닌다. 신인동락할 수 있는 열린 공간을 만드는 것이다. 제주도의 맞이굿은 '만남'과 '열림', 즉 통일의 굿이며 상생의 굿이다.

제주인의 전통적 굿과 놀이를 토대로 하여 해원·상생굿의 틀을 세우고, 이러한 굿의 구조 속에 다양한 예술 형식의 전시, 공연, 학술 행사를 펼쳐야 한다. 그리하여 평화를 사랑하는 세계인들이 해마다 4월이면 제주를 찾아와서 4·3을 이해하고, 제주의 역사와 문화를 배우는 세계적인 도시 축제가 되어야 한다. '제주 4·3 역사맞이 해원상생굿'이라는 세계적인 축제는 민주주의를 위하여 아시아의 작은 섬에서 피흘린 역사, 제주의 문화와 제주인의 정체성을 새롭게 인식하게 해줄 것이다.

| 2000. |

봉이
조선달

70년대 제주개발은 한라산을 제주 사람들의 무덤으로 하여 그 앞에 KAL호텔이라는 비석을 하나 세웠다. 그 묘비명은 천하를 주름잡는 '칼'이었다. 돈 버는 일이라면 물불을 안 가리는 아메리카 서부시대의 총잡이처럼 무식한 칼잡이가 나타나서 '칼'을 함부로 휘둘렀다. 피 맛을 아는 백정처럼 무소불위의 힘까지 겸비하고 안하무인으로 날뛰는데, 그냥 방관만 할 수는 없는 일이 아닌가.

　　칼의 항공료 인상은 정당방위를 주장하는 서부시대 총잡이들의 힘의 논리다. 고층 건물이 없던 70년대, KAL호텔은 '무덤의 비석'처럼 우뚝 섰고, 그때부터 듣기에 썩 좋지 않았던 개발도상국의 외화벌이 '기생관광'이라는 제주관광의 비행기가 떴던 것이다.

나문한짓골(남문로)을 지나 제주읍성의 남문을 통과하면, 제주의 성지 삼성혈이 있다. 남문과 광양을 잇는 동산에 수평선을 훤히 바라볼 수 있는 자리에 KAL호텔이 들어섰고, 그로 인해 제주 수원의 하나인 '남수각 물'은 말라버렸다. 호텔에서 지하수를 뽑아 쓰기 시작하면서, 여름 한철 오금이 저리게 '써 넝한(싸늘한)' 냉수욕의 풍속은 사라져 버렸다. 현대판 고종달이(풍수사)가 와서 수혈 하나를 끊어버린 셈이다.

'칼'은 지하수를 공짜로 뽑아 쓰면서 제주 생수의 맛을 보았다. 그리하여 '제주 동쪽 땅'에 눈을 돌려 수백만 평의 '제동 목장'을 건설하였다. 당시 재벌들은 기업목장을 건설한다는 명목으로 정부의 지원까지 받아가며 조선시대 국마장이었던 한라산 목야지를 헐값에 불하받았다. 눈가림으로 가축을 풀어놓고 철조망을 치면서, 인근 마을공동목장을 반 강제, 반 회유하며 사들였다. 부동산 투기시대의 도래였다.

재벌들은 현지의 하수인들을 이용해 쉽게 수백만 평의 땅을 손에 넣고 작은 왕국을 지었다. 그리하여 제주 땅의 80%가 육지 재벌들에게 넘어갔다고 분노했을 때 이미 제주 땅의 소유권은 '허맹이 문서'가 돼 버렸다. 그리고 '칼'은 맘껏 칼을 휘두르며 제주 사람들의 영원한 물탱크인 지하수를 뽑아 물장사를 하였다. 그렇게 '칼'은 제주의 지하수를 버젓이 팔아먹는 '봉이 김선달'이 된 것이다.

그래도 제주 사람들은 순진하게 뭐라 하지 않았다. 이는 제주의 물혈을 끊고, 제주의 지혈을 쥐어짜 제주 사람에게 섬뜩한 공포를 안겨주던 술사, 800년 전의 '고종달'이의 변종인데도 말이다.

제주의 수혈을 끊었다는 고종달이는 중국의 첩자였든지 고려의 하수인이었든지 어쨌든 고려 때 탐라국에 왔다. 고종달이가 와서 인물이 나지 않게 수혈을 끊었다는 것은 토지와 인물을 관리하고자 하는 식민지 탄압정책이었던 것 같다. 이런 풍수설화는 '쉐질매(소길마) 아래 행기물'이라는 제주인의 지혜와 식민지 지배 세력에 대한 저항의 의지를 보여주기도 한다.

마을은 물을 중심으로 자리를 잡는다. 생수의 독점은 신들만이 할 수 있다. 그런데 어느 날 물을 지키는 신을 잡겠다고 지리서를 들고 나타난 외래의 침략자 고종달이는 지금도 많다. 이들로부터 제주를 지킬 수 있는 '쉐질매 아래 행기물'의 지혜, 즉 쇠길마 아래 물그릇을 감추어 고종달의 지리서를 쓸모없는 '허맹이 문서'로 만들어버리고, 그래 아직도 제주 땅에 샘물이 마르지 않게 할 수 있었다는 이야기에 담긴 제주인의 지혜를 우리는 생각해야 한다.

KAL이 국제선 적자를 국내선 항공료를 터무니없이 높여 충당하고 있다는 사실을 누구나 알고 있다. 때문에 제주에 오는 항공료보다 동남아로 가는 항공료가 더 싸고, 그래서 제주 관광의 경쟁력은 취약해졌다. 지금 제주 사람들은 '칼'에게 땅내주고, 물 뺏기고, 심지어는 육지로 나갈 수 있는 통로마저 빼앗기고 있다.

　　KAL의 항공료 인상은 현대판 출륙금지령이다. 육지 사람 제주 못 오고, 제주 사람 육지 못 가는 출륙 금지를 조장하는 항공료 인상은 제주 사람들에게는 선전포고다. '칼'이 얄팍하게 법적·제도적 약점을 이용해 칼을 휘두른다면, 제주인의 생존권 투쟁은 지금부터 시작이다. 그것은 전쟁일 수밖에 없다.

| 2001. 03. 21. 제민일보 |

4월의
바람

축제란 무엇인가. 도대체 축제란 무언인가. 쉽게 말하면 축제는 큰대를 세우는 일이다. 쭈뼛쭈뼛 살아있는 깃발을 세우고 하늘과 땅에 다리를 놓는 일이다. 죽어 있는 모든 것에 생명을 불어넣고, 만날 수 없는 영신 혼백들과 만나서 맺힌 것을 풀고 더불어 살아나는 해원상생의 시간, 추모의 시간을 축제라 한다.

시간과 공간이 끝없이 열려 광활한 4차원의 우주 속에 서서 모든 속박에서 벗어나고, 과거의 시간으로 걸어가 죽은 아버지와 누이와 삼촌 조카를 만날 수 있는 4월은 제주 사람들만의 축제다. 50만 도민이 집집마다 대를 세우는 날이 4월제다. '왕대 죽대 자죽대' 생죽대를 잘라 '사월제'란 깃발을 달고 4월

거리에 서면 모든 것은 되살아난다. 내가 살아 있어 축제이며, 죽은 이들을 만나서 축제다. 사람의 눈으로 저승의 세계를 보고, 이승의 몸으로 저승의 사람들과 만날 수 있기 때문에 축제인 것이다. 얼마나 황홀하고 신나는 일인가.

실컷 울 수 없는 세상은 비극이고, 실컷 울 수 있는 자유가 축제다. 왕벚꽃이 피었다고 축제가 되는 것은 아니다. 예술을 한답시고 무슨 이벤트 행사를 한다고 축제는 아니다. 다만 인간의 모든 행위가, 그것이 예술이든 망자를 위해 분향하는 일이든 산 자들이 망인을 위해 할 수 있는 의미 있는 행위일 때, 그것은 굿으로 되살아나는 역사맞이 축제가 되는 것이다. 이름만 붙여놓은 축제는 축제가 아니다. 사람들을 모아 놓고 연설을 하는 행사가 축제는 아니다.

축제는 사람을 현실의 공간 속에 가둬놓지 않고, 새날 새 아침과 지난 세월의 와왁한 어둠을 열어 놓는다. 그것을 제주의 굿에서는 보통 '다리를 놓는다, 길을 닦는다'라고 한다. 4월제가 굿이어야 하는 이유도 거기에 있다. 4월제는 이승과 저승에 다리를 놓아 과거와 현재를 넘나들며 하나의 우주에서 죽은 조상들을 만나는 축제, 과거의 일 때문에 서로 반목하고 미워하는 통 좁은 인간의 갇힌 현실을 딛어 버리고 무한히 자유로워지는, 그래서 더불어 하나가 되는 해원하고 상생하는 축제여야 하기 때문이다.

축제의 깃발은 사람을 하늘과 통하게 하고 신명 나게 한

다. 깃발은 과거와 현재를 잇는 역사의 강물에 다리를 놓는 것
이다. 새로운 세상을 만나기 위해, 설운 님 오시는 가시밭길 치
워 닦아 나비 다리를 놓는 것이다. 그것은 하얀 광목천을 깔아
놓은 것이지만, 견우와 직녀가 만난다는 오작교처럼 '나비 다
리'를 놓아 구천을 떠도는 영령들, 저승도 못 가고 이승에도 못
와 잡귀로 떠도는 4·3의 영혼 영신들을 당당하고 홀가분한 마
음으로 저승 상마을로 떠나시라고 저승문을 여는 것이다.

4월제는 저승문 열고 죽은 조상들과 만나는 역사맞이 축
제다. 53년 전 무자·기축년에 수많은 제주 사람들은 그렇게 억
울하게 죽었다. 집집마다 제사를 한다. 제사가 많은 날은 집단
학살의 날이다. 한 집에서 연기로 피어오르는 한 개인의 죽음
이 가족사라면, 집집마다 마을마다 사방에서 향불이 타오르
는 4월제는 제주 사람들의 역사다. 그것이 의미 있는 죽음, 떳
떳하고 당당한 죽음으로 기록될 때 제주의 역사는 살아난다.

2001년 제주의 4월은 너무나도 화창한 봄이다. 정부 차원
에서 4·3특별법이 제정되고 사람들의 얼었던 마음도 녹고 있
다. 여러 곳에서 화해와 평화의 노래가 들려온다. 그리고 2001
년 4월에 내가 만난 사람들은 한결같이 동백꽃을 들고 있었다.
동백꽃은 음지에서 핀다. 빨갛고 질긴 목숨이다. 그것은 끈질
긴 생명을 상징하는 생명꽃이며, 죽음을 되살리는 환생꽃이
며, 자자손손 제주 사람들을 가지가지 송이송이 번성시킬 번
성꽃이다.

　특히 이번 4월제에 만난 사람 중에는 재일동포들이 많았다. 그들은 올 수 없었던 제주 땅을 찾아와 탑제, 진혼제, 학술 심포지움, 4·3위령제, 4·3유물 및 유적전을 보았고 서사극 〈애기동백꽃의 노래〉를 본 뒤 정말 고향에 잘 왔다고 했다. 그리고 조상의 묘에 성묘하러 떠났다. 태 사른 땅을 찾아온 여러분께 동백꽃 한 송이를 선물하고 싶다.

| 2001. 04. |

분노의
감귤나무

사람들은 대책이 없을 때, 절망과 꿈 사이에서 망설인다. 참고 견디며 버텨보자는 쪽이 최선의 선택인 사람들도 있지만 대부분의 사람들은 결국 위험한 모험 쪽을 선택하게 된다.

인간은 '이벤트의 충동에 들뜬 동물'이다. 그래서 크게 일을 벌이고 불을 보듯 뻔한 파산을 당하는 경우를 우리는 흔히 본다. 천시(天時)는 지리(地利)만 못하다는 현실주의를 선택하지 못하고, 일확천금을 노리는 '돼지꿈'을 꾸게 된다. 그래서 잘나가는 사람, 머리 잘 굴리는 사람들, 개발 정보를 빨리 알아차린 투기꾼들은 득을 보지만, 이래도 안 되고 저래도 망하는 '빈복한' 농부들에게는 늘 실패만이 뒤따른다.

소위 한 건 올려 갑자기 부자가 된 졸부가 많은 한국 사회의 한탕주의 경제논리는 많은 사람들의 허파에 바람이 들게 했다. 치솟은 땅값으로 하루아침에 부자가 되어 화려하게 사는 졸부처럼 되고 싶은 욕망은 땅을 팔고 마을을 떠나는 '이농(離農)'의 동기가 되었다. 이것을 해봐도 안 되고 저것을 해봐도 안 되는 농사, 때려치울 수만 있다면 골프장이 들어서서 땅이 썩으면 어떠냐, 관광지로 개발되어 땅값이 올라가면 땅을 팔고 도시로 가 식당이나 하자 하는 것이 오늘날 절망한 농부들의 지론이다.

자기 땅을 떠나려는 사람들은 늘 그렇게 꿈을 꾼다. 농사를 지으면 땅이 밥을 주고 옷을 주던 시대의 농사는 천하지대본이었지만, 이래도 망하고 저래도 망하는 시대에는 소용없는 일이다. 땅을 마구 허물고 짓밟는 개발을 막을 도리도 없는데, 땅만 지키고 앉아 있으면 뭘 하느냐는 말이다.

농촌을 떠나는 소위 이농(離農)은 70년대부터 시작되었다. 도시의 공장으로 떠난 농촌의 젊은이들은 동생의 학비를 마련하기 위하여 쥐꼬리만 한 봉급을 아껴 고향에 보내고, 라면을 먹으며 살았다. 하지만 이제 중년에 되어서도 고향에 갈 수 없는 도시 빈민이 되었다.

텅 빈 농촌에는 늙은이들만 고향을 지키며 산다. 채소 값이 똥값이 되면 자존심이 상하여 밭째 갈아엎고, 쌀값이 떨어지면 쌀을 태우며, 농촌은 분노하고 있다. 모든 농산물이 다량 생산이라지만 중간상인의 농간에 의해 제값을 못 받는 경우가 많다. 모든 것이 똥값이다. 제주의 감귤 값은 최악의 똥값이다. 밭에는 귤 썩는 소리 들린다. 땅을 저주할 수밖에 없다.

제주 사람들은 땅을 '세경'이라 하며, 땅을 차지한 농경신을 '세경할망'이라 한다. 이 할망의 이름은 자청비이며, 제주의 신들 중에 가장 아름다운 미모의 신이다. 제주 사람은 땅을 사랑하였고, 땅이 모든 것을 다 주었기에 "엄토감장(掩土勘葬)도 세경의 덕, 먹고 입고 쓰는 것도 다 세경할망의 덕이우다." 칭송하며, 농경신 자청비를 막 곱닥헌(고운) 할망(女神), 모든 능력을 갖춘 여성 영웅의 모습으로 상상했던 것이다.

이제 마을의 밭길과 골목길은 시멘트로 포장되고, 산록 도로니 중산간 도로니 해안 도로니, 어지러울 정도로 사방에 아스콘 도로가 생겨난다. 할 일 없으면 갈아엎고 길을 뽑는다. 길이 너무 많다. 이 좁은 땅에 무슨 길이 이리 많은지. 이제 땅은 우리에게 일용할 양식을 주는 곳이 아니다. 초원은 골프장이 되고, 세경너븐드르(넓은 대지)에 관광단지가 들어서면, 우리들의 세경할망은 버림받고 지치고 늙어 병든 진짜 노망하는 할머니가 되어서 "느네도 가면 나도 가커." 하며 제주 땅을 떠나버릴 것 같다.

70년대의 감귤은 대학나무였고 제주의 감귤 농사는 제주를 농촌소득 제일의 지상낙원으로 만들었다. 이제 제주의 감귤은 한숨 짓는 나무, 분노의 감귤이 돼 버렸다. 마치 존 스타인벡의 〈분노의 포도〉라는 소설을 현실로 느끼게 한다.

1930년대 미국 오클라호마주의 소작농들은 농업의 기계화로 일자리를 잃고 거리로 내몰린다. 그들은 포도를 많이 재배하여 일꾼이 달린다는 캘리포니아주로 떠나지만 가는 도중 배고파 죽어간다. 죽어가는 사람에게 말라버린 검은 젖꼭지를 물려주는 여인의 처절한 인간애. 그러나 처참한 생존의 극한을 견디며 찾아간 곳은 사방에서 몰려든 실직자들 때문에 일자리가 없다. 결국 식구 중 한 사람이 일자리를 얻어도 그 품삯으로 빵을 살 수 없다. 그해 포도가 엄청나게 생산되어 사방에서 포도는 썩어 가지만 먹을 수 없다. 쓰레기통을 뒤지다 병들고 죽어가는 사람들, 노동에 지친 노동자들, 그들은 분노한다.

제주의 감귤은 분노한다.

지역문화의
시대

문광부는 '지역문화의 해' 출범 선포식을 〈탐라국 입춘굿놀이〉 축제 현장에서 갖는다고 한다. '지역문화의 해'니까 서울 아닌 지역에서 그것도 2001년 신새벽을 여는 지역의 첫 축제의 현장에서. 외롭게 지역의 축제를 지켜가는 입장에서 그나마 다행한 일이라 생각한다.

그러나 '지역문화의 해' 추진위가 서울에서 활동하는 문화 엘리트 중심으로 짜여 있다는 점과 이들이 앞으로 또 무슨 일을 벌여나갈지 의문스런 점이 없지 않다. 서울에 사는 문화 엘리트 몇 사람이 주도하는 것은 문화 권력에 의한 또 하나의 횡포가 되어 '지역문화'를 위축시킬 수 있기 때문이다.

서울에 문화가 있다면 두 종류를 꼽겠다. 하나는 문화 권

력을 가진 교양인들이 누리는 고급문화로서 '현대' 또는 '고전'
이란 접두어가 붙는 순수예술이다. '현대적인 것'은 '가장 최근
에 수입한 서구 문화의 변형'이요 '고전적인 것'은 우리의 것을
우아하고 세련되게 다듬은 것으로 대학을 중심으로 자리 잡은
고전무용류의 것들이다.

또 다른 하나는 대중문화다. 대중문화는 2차 대전 이후,
미국의 자본이 개도국 아시아를 겨냥하여 수출한 것으로 시시
각각 다양한 모습으로 서울에 유입되어 유행하다 변방으로 흘
러가는 잡다한 소비문화다.

그러므로 서울의 문화는 없다. 별의별 게 다 서울에 있다
고 생각하는 사람들은 서울의 문화 집중화 현상을 우려하며
'지역문화의 해'를 맞아 지역문화 활성화 방안을 마련해야 한
다고 떠든다. 그러나 문화의 서울 집중화 현상은 훌륭한 문화
가 서울에 다 있다는 뜻이 아니라 문화를 집중시키는 경제력과
이를 조종하는 문화 권력이 서울에 있다는 말이다.

지역의 문화는 역사와 체험을 공유하는 사람들이 자신이
살고 있는 지역에 뿌리를 내린 생활정착문화로 '전통' 속에 뿌
리를 두고 있다. 억지로 습득된 교양이 아니라 문화를 향유하
는 사람들이 '우리 것'이라고 하는 생활 속에 있어서 '서로 통하
는' 정체성을 지닌 것이다. 신화, 그리고 신화 속 신들의 모습
이 바로 지역민의 삶의 모델이라 생각하며, '자기의 얼굴'을 가
진 문화, 그것이 지역문화다. 그리하여 지역문화의 토대는 자

기가 살고 있는 세상이 세계의 중심이라는 근원적 사고에서부터 출발하게 되는 것이다.

지역문화는 축제를 통하여 살아있는 문화다. 축제를 통하여 살아 있기 때문에 각 지역 사람들의 정신, 기질 그리고 정체성이 생생하게 살아 생활의 활력으로 작용하고 있다. 이처럼 족보 있는 것이 지역문화라 한다면, 신화를 상실한 서울 문화는 족보 없는 무국적 또는 다국적 문화다.

강자의 논리를 가지고 민족혼을 말살하는 이식 문화, 분명 내 얼굴이 아닌데, 낯설지만 오히려 자기 얼굴로 착각할 만큼 익숙하게 길들여진 문화, 그러한 서울 문화와 문화 권력이 지역문화를 지배하고 있는 시대에 우리는 살고 있다. 다국적 문화의 쓰레기더미 위에 독버섯처럼 피어나는 문화권력의 횡포, 문화 권력의 서울 집중화 현상을 경계해야 한다. 지역문화의 시대는 그렇게 시작되어야 한다.

지역의 문화는 자기 땅에 뿌리를 내리며 창조의 근원, 신화적 상상력이 만들어낸 문화이기 때문에 지역적이다. 신화가 살아 있기 때문에 축제를 만들 수 있는 문화, 자기 땅을 지키며 자기 땅의 정체성을 지닌 기층문화, 전통을 존중하며 그 가치를 내세울 만한 문화가 지역문화다.

그러나 '지역문화의 해'라고 달라질 게 없을 것이다. 그런데도 중앙의 적극적인 혜택을 기대하는 풍조가 만연하고 있으며 은근히 타의에 의해서라도 자기 지역의 문화발전을 위하

여 상상을 초월한 자금 지원이 이루어지길 바라고 있다. 이때
를 노리고 서울 지역의 문화 엘리트의 얄팍한 머리에서 속출
하는 돈 쓰는 문화 이벤트가 지역에 무수히 침투할 것이다. 이
러한 문화 엘리트와 문화권력을 지역문화 활동가들은 경계해
야 한다.

　지역문화가 중심에 서서 지역문화의 시대를 열어가기 위
해서는 지역과 지역이 자기 얼굴로 만나 대등하게 교류하고 손
을 잡아야 한다. 큰 힘을 만드는 지역문화 연대를 위한 또 하나
의 선언이 필요하다. 중앙에서 간섭하고 간섭을 받는 지역문
화가 아니라 자기 지역의 힘으로 홀로 서는 문화, 중앙을 지역
화하여 서울 지역과 제주 지역의 문화가 대등하게 교류하고 연
대하며 새로운 힘을 만드는 그런 지역문화의 해가 되었으면 한
다. 그리하여 통일을 여는 새로운 지역문화 연대 운동을 실천
해 나가야 할 것이다.

| 2001. 11. |

다랑쉬굴의
슬픈 노래

1992년 4월 2일, 다랑쉬오름 동쪽 500m 지점 속칭 '선수머세'라는 지경의 '움푹 패인 밭(옴팡밧)'에서 동굴 하나가 발견되었다. 이 굴을 다랑쉬굴이라 한다.

이 굴이 유명해진 것은 4·3 당시의 희생자 유골 11구가 발견되었기 때문이다. 동굴로 피신해 잠시 학살의 피바람을 피해 가려던 그때, 그 시국의 선량한 사람들, 그들은 어느 날 갑자기 빨갱이가 되어 죽은 4·3의 희생자들이었다.

동굴에는 뼈만 남은 시신들과 그들이 가지고 간 살림들, 호미, 쇠스랑, 곡괭이와 같은 농기구들, 놋수저, 놋그릇 등 제사를 지내기 위한 제기들, 그리고 솥과 된장 항아리 등이 그대로 남아 있었다. 1948년 12월 18일, 군경 합동 토벌대가 수류

탄을 투척하고 굴 입구에 지핀 불로 질식시켜 죽인 그들은 빨갱이가 아니었다.

그러나 1992년 발견 당시까지만 해도 4·3 희생자 문제는 해결의 실마리가 보이지 않던 어수선한 때였다. 시신을 거두어가려던 유족들의 뜻과는 달리 합동으로 화장되었고, 유골은 김녕 앞바다에 뿌려졌다. 억울하게 죽은 희생자들은 두 번 죽었다.

그리고 10년이 지난 2002년 4월 5일에야 두 번 죽어야 했던 다랑쉬굴 열한 조상을 위한 해원상생굿이 이루어지게 된 것이다. 무형문화재 제71호 김윤수 회장을 수심방으로 하여 벌어지는 굿판에서 나는 '다랑쉬굴의 슬픈 노래'라는 시를 열한 조상들에게 바쳤다.

다랑쉬오름에 바람이 부니 설운 님 오시는가 봅니다. 다랑쉬굴에서 부르는 슬픈 노래는 살은 썩어 흙이 되고, 뼈로 남은 혼백들, 살오를 꽃, 환생꽃, 동백으로 붉게 피어 있습니다. 굴 앞에서 부르는 이 노래는 구름길 바람길에 떠도는 넋들, 아무도 그릴 수 없으니, 영(靈)가루 뿌리고, 혼 씌워 와서, 영혼의 모습 그리며 저승길 닦아 저승으로 보내는 노래, 삼혼정을 부르며 외치는 노래입니다. 외치면 듣고, 행여 설운 님 오실까, 가지마다 날아와 우짖는 바람까마귀로 오실까 하여, 자나 깨나, 앉으나 서나 노심초사하여 신 길을 닦으며 부르는 노래입니다. 헌옷가지에 녹슨 비녀와 쇠솥 둘, 놋그릇, 놋수저, 놋쇠 제기, 잔받침, 물통, 가위, 요강, 석쇠, 화로, 구덕, 주전자, 나무 주걱 굴 한 귀퉁이 옹색하게 널려있는 사람 살던 흔적들을 거두어 '세경너븐드르'(大地)에 묻어주지 못한 자손들이 죄스럽고 부끄러워서 이제야 소리 죽여 흐느끼는 울음입니다. 그때 죽은 조상과 살아남은 유족들이 심방의 입을 빌려 서로 이야기하는 것을 '영개울림'이라 합니다. 그러니 다랑쉬굴의 슬픈 노래라 하는 것이지요. 10년이 지난 지금 노래가 처량하고 서글픈 것은 검질도 매고, 씨도 뿌리고, 곡식도 거두려고 이것만은 고이 간수해 두어야지 하며, 가지고 나온 것이 선량한 농사꾼의 쇠스랑이며, 나대며, 괭이, 자귀, 도끼, 숫돌들, 사람 사는 세상의 정들을 떨치지 못한 버릴 수 없는 생활용구였기에 더욱 한으로 맺히는 것입니다. 찬은 없어도 이것만 있으면 된다는 '밭에 나는 고기' 된장 항아리가 더욱 가슴 미어지는데, 무정하게 수류탄이 투하되고, 불이 지펴져 찢겨진 육신에, 꺼져 가는 호흡을, 피눈물에 어금니를 물고, 마지막으로 외쳐보던 절규, "살려줍서!" "살려줍서!" "살려줍서!" 그 절규가 메아리처럼 되살아나기 때문에, 자손은 조상을 보듯, 조상은 자손을 본 듯 부둥켜안고 흐느끼는 눈물이기 때문에 다랑쉬굴에서 부르는 슬픈 노래라 합니다. 뼈를 묶고 기워서, 영육 한 몸 재가 되어 바당에 뿌려졌기에, 저승으로 가는 길 질고 부정하여, 저승으로 가는 길 너무 서러워 조상님 저승 가는 길, 신 길 바로잡고 뼈다귀로만 항변하던 그 누명의 옷, 부정서정을 훌훌 털어 버리시라고 오늘은 다랑쉬굴 열한 조상에, 10년 만에 한 번 하는 큰 굿, 해원의 탑을 세우고, 상생의 굿을 합니다. 설우신 님이시여, 눈물수건 드리오니 눈물수건으로 눈물을 닦으시고 땀 배인 옷으로 뼈를 싸 얼었던 몸 녹이고, 얼은 마음 풀어서, 44년 지나도 울지 못한 설움을 10년 만에 풀어서 저승 상마을로 가 나비로나 환생하소서.

다랑쉬오름에 바람이 부니
설운 님 오시는가 봅니다
다랑쉬굴에서 부르는 슬픈 노래는
살은 썩어 흙이 되고 뼈로 남은 혼백들
살 오르를 꽃 환생꽃 동백으로
붉게 피어 있습니다

「다랑쉬굴의
슬픈 노래」 중에서

큰 별은 지고, 백호는 끝내 울음을 멈추리라

60년을 살면 정한 목숨(定命) 값은 다했다고 여생(餘生)을 말하려는 것은 아니다. 요즘 사람들은 70세는 지나야 남은 인생을 여생이라 한다니 말이다. 나는 요즘 살아온 삶과 살아야 할 인생을 계산해 본다.

2010년 경인년 '흰 호랑이 해'의 끝자락인 12월 5일, 이 시대의 어둠 속에서 홀로 우뚝 서 계셨던 리영희 선생이 세상을 떠났다. 그리고 많은 추모 인파가 세브란스병원에 모여들고 있다. 지난 몇 년 동안 다른 큰 별들도 졌지만, 선생님의 운명은 청춘을 선생님의 영향 속에 보냈던 우리 세대들에게 더욱 가슴에 사무친다.

우리도 바다로 떨어져 있지 않다면 조문을 갔을 텐데.

멀리서나마 선생님을 책과 글을 통해 배웠고, 선생님을 흠모했던 한 사람으로서 마음의 정표를 보낼 수 있었으면 하여 글을 쓴다.

큰 별이 지는 세모에, 내 인생의 청년기에 나를 이끌어 주시던 리영희 선생님을 통해 나의 부끄러운 삶을 생각해 본다. 나는 1950년 경인년에 태어났고, 2010년 경인년 세모에 환갑의 초년생으로 죽음이란 '왁왁한 어둠'이 인생의 시작이란 것을 배운다. 결국 나의 인생이 어둠을 헤치고 광명을 찾아 헤매는 삶이었다면 나의 청년기, 숨어서 책을 읽던 암흑시대의 촛불 중 하나는 리영희 선생의 '전환시대의 논리'였다.

나는 당시 판금 금서 목록 중 첫째였던 이러한 교과서를 통해 소위 의식화된 문화운동 1세대 촌놈이었다. 그러므로 나를 이 세상에 존재하게 했던 스승은 리영희 선생과 그의 금서 '전환시대의 논리'였으며, 내가 그려온 큰 그림 속에는 선생님이 계셨다는 것을 오늘 새삼 느낀다.

세계와 사회 분단의 현실을 일깨워준 선생의 가르침을 통해 의식이 달라진 제주 촌놈은 다시 같은 제주 촌놈 소설가 현기영 선생의 '순이 삼촌'을 통해 제주의 예술을 배웠다. 그리고 뼛속을 관통하는 제주 바람을 통해 성숙하였다. 바람 속에는 끝없이 신바람을 일으키는 굿 소리가 들려왔다. 그런 스승들의 가르침, 완벽한 논리로 완성된 사설 속에 번득이는 이성의 글들이 지금 나의 감성을 키워준 가르침이었다는 것을 생각하니 나도 행복한 사람이었던 것 같다.

　　분명 나는 암울한 시대에 돌밭을 뒹굴며 제주 바람 속에 자라났다. 청년기였던 80년대에는 마당굿운동, 4·3연구소 창립, 전국민예총 창립, 전교조 해직 등 여러 가지 수난이 있었다. 어쩌면 나는 리영희 선생님의 다섯 번의 투옥, 두 번의 교수해직 등을 통해 무엇이 바르게 사는 것인가를 배웠는지도 모른다.

　　이 시대의 큰 별 리영희 선생을 보내며 남은 우리들은 무엇을 해야 할까. 큰 별은 지고 백호는 끝내 울음을 멈추겠지만, 내가 태어나며 울부짖은 백호의 울음이 암흑을 깨는 탄생의 의미였다면, 분단의 시대를 마감하고 평화와 희망의 빛으로 왁왁한 어둠을 깨버리는 마지막 울음을 기다린다. 통일된 세상을 향한.

| 2010. 12. 09. 한라일보 |

미신공화국의
도의원

4·3의 역사는 어떻게 쓰여야 하는가?

　　4·3의 역사는 무자·기축년 겪었던 4·3 쓰나미에 대한 슬픈 되새김이다. 생생히 가슴에 새겨두었다가 굿을 통해 살아나는 역사, 죽은 설운 아방, 칭원한 누이와 만나는 눈물의 상봉, 해원의 기록이다.

　　지난 3월, 일본 동북지방은 지진으로, 지진 해일 쓰나미로, 쓰나미에 이은 원자력발전소의 붕괴로 한꺼번에 폭발하고 무너지고 뒤집혔다. 이것은 대재앙이었고, '노아의 홍수'와 같은 천형이라 하였다. 슬픔의 극한 상황에서 흔들리지 않는 일본 사람들을 보며 세계는 따뜻한 사랑과 온기를 그들과 나누고 싶어 했다. 특히 우리 한국인들은 정말 마음을 다해 그들을 돕고 싶어 했다.

고은 선생은 한겨레신문에 쓴 시를 통해 지진으로 망가진 일본을 돕는 것은 일본에 대한 예의라 하였다. 그렇다. 감당하기 어려운 큰 사건, 2011년 3월 11일 일본의 지진 쓰나미와 1948년 4월 3일 제주에 몰아친 살육의 쓰나미는 너무나도 뼈 아픈 역사의 닮은꼴이다.

그런데 엄청난 역사의 소용돌이 한가운데서 헛소리가 들려온다. 창피한 헛소리 하나는 기독교계 원로 목사님의 목소리다. 지진으로 고통을 당하는 일본 사람들에게 "그들이 겪는 재앙은 하나님을 믿지 않았기 때문에 겪는 천형"이라는 무자비한 말을 방송에서 내뱉었다.

또 다른 헛소리는 "굿은 미신이니 4·3위령제에 굿을 하지 말라."는 유치찬란한 헛소리였다. 헛소리의 장본인인 장 의원의 말에 따르면 4·3 때만 되면 굿을 하는 제주도는 이치에 어긋나고 망령된 것을 믿는 '미신(迷信)공화국'이라고 한다. 그에게 굿은 전통이며 문화가 아니라 미신일 뿐이다.

4·3에 죽은 영혼을 추모하는 해원·상생굿은 죽음에 대한 예의이며 의식이었고 역사였다. 무자·기축년 난리에 억울하게 죽어 저승도 못 가고 구름길 바람길에 떠도는 4·3의 영령들을 해원하는 추모굿판을 왜 미신이라 하는가.

억울한 망자가 맺힌 한 때문에 이승을 떠날 수 없었던 '부정'을 털고 저승으로 갈 수 있게 하는 것이 굿이다. 죽은 조상이 살아남은 자손들 앞에 나타나 살았을 때 섭섭했던 일을 말하고 그 억울함을 해원하는 '영개울림'은 '죽은 영혼의 울음'이며, 죽은 자에게 죽어서 억울한 심정을 이야기할 수 있게 기회를 제공하는 것이다. 죽는 순간의 못다 한 말들을 다 풀어 미련을 버리고 가볍게 저승으로 떠나게 하는 것이다.

4·3 원혼들의 울음을 통하여 버려진 역사, 버림받은 역사의 현장을 고발해 왔던 제주의 4·3 해원굿이 미신이고 굿을 하는 나라는 미신공화국이란 헛소리는 그저 단순히 함량 미달 도의원의 역사의식이며, 4·3의 역사를 부정하는 저주의 헛소리일 뿐인가.

예수나 믿었으면 천당 갈 걸, 석가나 믿었으면 극락 갈 걸, 왜 제주 사람은 굿으로 역사를 써 왔는가. 굿을 통하여 '역사적 해원'의 의미를 찾아내고, 역사의 행간에 가려진 '쓰이지 아니한 역사'를 하나의 역사로 인식하는 것은 역사를 역사화하는 작업이기 때문이다.

그들은
모두 바다에서
왔다

지금 강정에서는 기묘한 싸움이 벌어지고 있다. 평화를 사랑하는 양심과 원칙이 힘의 논리에 무너지고 있다.

　　예로부터 쌀농사도 잘 되던 일등 부자 일강정의 기름진 땅, 절 지치는(波濤) 소리와 강정천의 은어와 마을공동체를 온몸으로 지켜내야 한다는 강정 주민들과 같은 빛깔의 제주 사람들이 있다. 그리고 이들 옆에는 제7올레의 아름다운 길을 찾아온 관광객들, 제주도에 무슨 해군기지냐는 주교님, 목사님, 스님, 문화예술인, 세계의 각 나라에서 몰려오는 평화주의자들, 모두가 하나 되어 강정의 평화와 아름다운 바다를 지키자는 사람들이 있다.

　　하지만 이를 반대하고 행동하는 무모한 개발론자, 자치

도정 그리고 한국 해군이 있다. 강정의 넓은 들판을 차지하여 미래의 전쟁에 대비할 군사항 건설로 강력한 대양해군 요새를 세우자는, 힘으로 만드는 평화 아닌 평화가 강정 앞바다의 평화를 짓밟고 있다.

일촉즉발의 위기 속에서 밀어붙이는 해군이 이 땅에서 저지르는 만행에 다치는 사람들이 속출하고 있다. 아름답고 평화로운 땅에 군사시설을 만들어 1,000명이 주둔하면 1,000명의 일자리가 생기므로 주민들에게 이득이 떨어진다고 주장한다. 하지만 그건 해군 1,000명의 밥그릇일 뿐, 제주 바다는 비참하게 콘크리트 벽에 막히게 된다. 평화를 지키려는 제주 사람들은 2002년 유네스코 생물권보전지역으로 지정된 이곳이 군사기지가 되는 것을 반대한다.

우리나라 유일의 연산호 군락지이며 문화재보호구역이기도 한 구럼비 해안가에는 1km가 넘는 한덩어리 용암단괴인 '구럼비 바위'가 있다. 양윤모 감독이 사랑으로 끌어안고 싶다던 바위, 멸종위기종인 '붉은발말똥게'와 그의 친구들의 집. 그곳이 콘크리트로 메워지는 무모하고 잔인한 개발은 안 된다. 하지만 해군의 강행 의지와 거기에 결탁하여 개발이익을 노리는 세력들, 개발업자, 토지 소유주, 도의원, 행정가들은 맞장구를 치고 있다. 정말 난리다.

제주 사람들은 평화가 없었던 때를 '난리 때', '사태 때'라한다. 난리에는 많은 사람들이 죽지만, 시체를 거두어 고이 묻을 수도 없기에 산과 바다에 버려지게 된다. 이런 가련한 영혼을 군병 또는 잡귀라 부른다. 전쟁을 치른 뒤의 죽음들을 거두는 일, 어찌 보면 역사는 이러한 난리에 죽은 사람들에 대한 기록이었다. 죽음에 의미를 붙이는 일, 평화를 만들기 위한 죽음의 기록들, 시산혈해(屍山血海)의 처절한 전쟁, 탐라국을 유린하던 제국의 침략들을 견디며 살아온 제주 사람들의 슬픈 운명은 죽어서 무덤 자리도 구하지 못했다. 제주에 쳐들어온 군인들은 모두가 수군이었고 바다에서 왔다. 중국, 몽골, 일본, 미국. 그리고 지금 우리 바다 올레에 들어와 설치는 것은 한국 해군이다.

우리를 쳤던 적들처럼 싸움으로 제주를 지키겠다는 논리 앞에 우리는 사는 근본이 흔들리고 있다. 해군이여, 이녁 올레 아니라고 강정바당 요왕올레에 왕 문전 어지럽히지 말라. 큰 싸움은 제2의 4·3을 몰고 올지도 모른다. 큰 마음으로 칼을 거두라.

| 2011. 06. 23. 한라일보 |

어느 비 오는 날의
마당극

4월의 슬픔을 이야기할 때, 언제부턴가 사람들은 유식하게 엘리어트의 시를 인용하여 "사월은 잔인한 달"이라 화두를 뗀다. 제주의 4월은 1948년 무자년 4월 3일이라는 화두로 시작한다.

그렇게 몇 번째 맞이하는 4·3인지 헤아리다 보니, 이제 예순네 번째다. 굿 밭에 가서 칭원하게 울다 보면 굿이 끝나가듯, 4월 들어 연이어 4·3행사를 치르다 보면, "비새[悲鳥]가 와서 슬피 우는 한 달"은 후딱 지난다. 그렇게 4월을 지내면, '들렁귀'에 철쭉꽃 피는 '영구춘화'의 5월이 온다. 그게 눈이 녹고 바람 잦아드는 제주 봄의 완성이다.

4월의 끝자락에 만난 한 공연을 통해 아름다운 축제, 전천후 축제, 미래의 축제를 생각해보고 싶었다. 그날은 24절후

중 곡우(穀雨)이니, 4월 20일이었다. 비가 왔으니 언 땅 풀리고 개구리가 봄을 노래하는 곡우라지만, 너무 추웠다. 빗속을 헤매며 우산 들고 공연 가는 것도 좀 뭣해 쉬고 있는데, 후배에게서 전화가 왔다.

"형님 좀 도와줍서. 연극 헴수다. 구경 옵서. 〈산호수놀이〉우다. 관객도 걱정되고 비 와도 공연은 허젠 마씸. 꼭 오십서예?"

"알았저게. 비만도 아니고 날씨도 추운디."

뒷날 공연도 있으니 꼭 보겠다며 그날 관람은 포기했다. 뒷날도 비가 왔다. 듣자 하니, 전날에도 공연을 했고 그날도 공연을 한다고 했다. '굉장한 용기네.' 하며, 그날도 가지 않으면 원망을 들을 것 같아 길을 나섰다. 비에 젖어도 공연을 볼 수 있도록 완전무장을 한 채 한라산의 마당극 '산호수놀이'를 구경했다. 어김없이 비가 왔는데 비에 젖지 않았다.

좋았다. 내용은 강정의 싸움이었다. 2007년 시작한 싸움, 너무나도 뻔히 적을 알면서도 처절하게 깨어지는 힘들고 슬픈 싸움. 무자년 4·3처럼 다시 결연히 일어선 강정의 싸움을 이야기하는 마당극이었다. 같이 울고 같이 젖는 동안 80분은 후딱 지나갔다. 비가 두렵지 않은 아름답고 슬픈 경험이었다.

나는 이때 영국 에딘버러 지역축제를 떠올렸다. 안개와 비의 나라에선 비를 맞으며 우산을 쓰고 축제를 한다. 그렇다. 미래의 축제는 싸움에 날씨 탓이 안 먹히듯 전천후 축제, 비바

람을 데리고 하는 아름다운 축제일 테다. 그렇다면 그날 한라
산의 마당극은 빗속에 조용히 번지는 공감이 있었던 아름다운
공연이었다.

　　그날 밤의 공연은 어느 비 오는 날의 아름다운 마당극 공
연으로 기억될 것이다. 비 내리고 춥고 바람까지 부는 날의 거
칠지만 아름다운 싸움굿을 기다리며.

트라우마의
예술치료,
〈지슬〉

2012년 동짓달 21일, 간드락 소극장에서 제주 토종 영화감독 오멸의 4·3 극영화 〈지슬〉의 시사회가 있었다. 부산대학 강의 때문에 참석하지 못했지만, 들은 바에 의하면 참석한 사람들은 하나같이 부산국제영화제 4개 부문 수상을 휩쓴 영화 〈지슬〉의 충격을 한마디씩 거들었고 이어진 술자리는 끝이 보이지 않았다고 한다. 시사회에 참석한 현기영, 강요배, 김석희, 박경훈 등 선후배 시인, 소설가, 화가들을 압도한 오멸의 영화 〈지슬〉은 "머리를 띵하게 하고, 가슴을 먹먹하게 하는 짙은 연기 같은" 이야기였다.

영화 〈지슬〉에서 영화감독 오멸은 제주 4·3의 비극을 어떻게 소개했기에 부산국제영화제에 온 육지와 외국의 관객들에게 대박이 터졌는가. 영화는 우선 지역어인 제주말로 제작됐으며 표준어 자막 처리를 했다. 관객은 외화를 보듯 제주판 외화를 통해 제주 역사를 배웠고 그 제주말 영화 덕에 제주를 알게 됐다. 오멸 감독의 슬프고 안타까운 4·3 이야기는 그렇게 입소문이 났고 그의 영화를 본 사람들은 제주에 감춰진 미래형 예술가의 아름다운 영상에 깊이 매료됐다.

　　영화가 시작되면, 연기 자욱한 제주도의 어느 초가를 군인이 헤집고 다니는 모습이 보인다. 방금 군인들의 주민 학살은 끝났다. 폐허 같은 집 마루에는 제기들이 어지럽게 널려 있다. 제삿날 마을은 불타고 사람들은 죽었다. 제삿밥을 얻어먹지 못하는 영혼(신위)들을 모아 굿(제의)을 통해 해원하는 것이 바로 이 영화의 제작 의도이다. 〈지슬〉은 해원굿이며 4·3트라우마의 예술치료라 할 수 있을 것이다. 그러므로 영화에서 소제목이 된 제사의 용어 '신위'는 동굴에 숨어들었던 4·3의 영혼들이며 '신묘'는 영혼을 모시는 굿판, '음복'에서 신과 더불어 삶을 영위해야 하는 식량으로서 '지슬'은 나눔이며, '소지'는 신위가 된 영혼들, 가해자와 피해자를 구분하지 않고 모든 영혼들을 해원하는 '소지사룸'이다.

　　영화의 초반부터 보자. 좁은 공간에 다섯 명의 남자들이 한 명씩 들어온다. 겨우 목숨을 건져 야트막한 산의 구덩이에 몸을 숨긴 마을 주민들이 평소 하던 대로 티격태격하며 사태의 심각성을 모르는 듯이, 아니면 방금 전의 공포에도 불구하고 여전히 지속되는 그들 삶의 일상적 관계로 쉽게 옮겨온 말과 행동을 보여줄 때 우리는 이 비극을 보는 감독의 태도를 확인할 수 있다. 특히 오멸 감독의 카메라 앵글은 누군가 다른 이의 시선이 그 현장에 입회해 지켜보고 있다는 암시가 강하다.

영화의 후반부에서 군인들이 마을의 한 집 한 집을 샅샅이 뒤지며 사람들을 죽이고 잡아가는 장면에서 군인들을 따라가는 카메라는 액션의 단위들을 설명하고 있는 게 아니라 군인의 등 뒤로부터 그 상황을 깨어있는 눈으로 지켜본다는 입장이 강하다. 누군가의 숨소리로 대치된 사운드가 흐를 때 물론 그것은 이 상황에 비극적인 절망감을 느끼는 스무 살 졸병 군인의 심장 소리라는 것을 관객이 알게 되지만 아수라장의 학살극 한복판에 자리해 묘하게 깨어 있는 카메라의 시선은 이 세속의 비극과 유리된 초월적인 수직적 기운으로 우리를 압도한다.

영화의 마지막, 희생됐던 인물들의 옆에 지방을 태워 날리는 쇼트들이 있다. 영화 스토리와는 무관하게 감독의 개입이 들어간 쇼트 속에는 제주 사람뿐만 아니라 군인들도 포함돼 있다. 이러한 태도에서 4·3 극영화 〈지슬〉은 4·3의 모든 희생자들을 기리는 것이며, 제주 사람들의 4·3 트라우마를 영화로 치료하는 해원상생굿이라는 것이다.

탐라 장두
양제해

지금으로부터 200년 전, 1813년 음력 11월 1일. 이날은 제주 걸머리(아라2동)의 의로운 어른, 양제해 선생님이 곤장에 맞아 돌아가신 사무치게 칭원한 날이다. 역사가 돼버린 사건이지만 오늘은 탐라의 장두 양제해 어른의 죽음을 해원해 드리려 한다.

그때는 '상찬계(相贊契)'라는 조직이 있었다. 향리, 향임 등 제주도내 향권을 좌우했던 관리들이 '같은 부류의 사람들끼리 모여서 서로 찬조한다.'는 의미로 만든 계조직이었다. 이들은 세 부류의 이속집단(鎭撫吏, 鄕吏, 假吏) 300명을 묶어서 하나는 마음으로 또 하나는 힘으로 서로 더불어 찬조하기로 하고 상찬계를 조직했다. 하지만 이들의 악행과 폐단은 양제해 모반사건이라는 슬픈 이야기로 이어진다. 양제해가 도주(島主)해 "제주도의 주인이 되려 한다.", 별국(別國) "새로운 나라를 세우려 한다."는 별국창설설이 창궐했던 시절이었다. 결국 모반 사건에 몰려 체포된 양제해는 혹독한 심문을 받고 옥사하게 된다.

　　이 사건이 있었던 날은 10월 그믐. 중면의 여러 마을에서 온 사람들이 모여 그에게 "간악한 향리들로 인한 민폐가 갈수록 심해져 사람들이 다 죽게 되어수다. 지금 풍헌 어른이 방장이 되었고, 사또께서도 향리들을 똑똑히 규찰한다고 하니, 어르신께서 결정을 내려 주십서."라고 했다. 양제해는 "글을 잘 짓는 사람을 구해서 등장(等狀) 초안을 가져오면 내가 탐라민인을 위해 한번 죽겠소."라고 답했다.

　　이 사실을 알아챈 윤광종은 먼저 김재검에게 가서 양제해 등이 변란을 도모한다고 보고했다. 김재검은 상찬계의 칼자루를 쥔 핵심인물로서 이 보고를 듣고 양제해가 주도하던 등소 계획을 변란을 도모한 사건으로 부풀려서 제주목사에게 보고했다. 김재검 등은 야초대(夜招隊)와 800여 명의 향리들을 총동원해 변란 사실을 밤늦게 목사에게 알렸고, 목사는 포졸들을 양제해의 집으로 출동시켜 제주목 관아로 포박해 왔다. 상찬계 소속인 향리들은 자신들의 비리 사실이 드러날 것을 염려해 더욱 심하게 곤장을 내리쳤다.

　　'상찬계시말'에서는 이러한 양제해의 죽음을 '상찬계가 입을 막아버린' 의도적 타살이라고 규정했다. 제주 사람은 양제해를 도민들을 대신해 죽은 인물, '금세의 항우'라고 했고, 하루에 세 번 한라산을 돌고, 매번 한라산 정상에 오를 때마다 몰래 팔진의 법을 익혔다 했다. 결국 제주 민인들에게 양제해는 장두였다. 이강회도 "양제해는 자신이 죽고 가족은 망함으로써 백성들에게 은혜를 베푼 자"라 했다.

　　이강회는 상찬계의 비리로 "백성들의 살갗이 다 벗겨지고, 살이 다 발라지고, 피가 다 마르고, 뼈가 다 부수어진다."고 하여 이를 사진(四盡)이라 했다. 결국 양제해란은 변란, 반란이 아니라 폐단에서 구한다는 명분을 강하게 내세운 민란 또는 향전의 성격을 갖는 것이었으며, 상찬계와 양제해 등의 싸움은 향권을 둘러싼 집권세력과 실권세력 간 향전의 성격이 매우 강했다. 또한 제주지역 내에서 정치·사회·경제적 폐단을 일삼고 있던 상찬계를 타파하기 위한 등소운동이었으며, 더 나아가 상찬계와 결탁한 제주목사의 통치에 대한 부정이 결합됐다는 점에서 민란의 성격도 강하게 띠고 있다.

　　아, 1813년 11월 1일 세상을 떠난 영혼이시여. 칭원하고 원통한 영혼이시여. 이제라도 편히 저승 상마을에 가 나비로 환생하시옵소서.

갑오년의
바람까마귀
어디로 날아가나

갑오년이 저물어간다. 연초부터 많은 것을 꿈꾸었다. 동학 120 주년 청마의 해가 밝았으니 팔도에 사는 광대들이 멋진 마당 판을 만들어 동학의 깃발을 세우고, '칼노래 칼춤'을 제대로 추어서 '딴따라는 딴따라답게' 광대의 춤판을 보여주고 제주에서는 4월굿을 잘 준비했다가 5월엔 충청북도 보은에서 동학농민전쟁 120주년 해원상생굿 마당굿판에 모이자고 했고, 그곳에 다녀왔다.

그런데 올 갑오년은 가시가 세었다. 4월 16일 독 오른 비바람은 요동을 치고 큰 파도가 밀려왔다. 꽃 같은 목숨들을 안고 가라앉아버린 세월호. 이 엄청난 재난 앞에 구조를 책임져야 할 군경은 서로 책임을 떠밀었고, 배가 침몰하자 선장과 승

무원은 배와 승객을 지키지 않고 먼저 떠났으며, 정부는 속수무책으로 헛소리만 남발했다. 세계의 눈은 사상누각처럼 무너져 내리는 사고공화국 한국호의 부실이 부른 어이없는 참사에 혀를 찼다. 이렇게 우리나라는 망신을 당했고, 그 많던 지역의 축제들은 다 깃발을 내렸다.

올해 4·3해원상생굿은 바다에 수몰당한 영혼을 위한 굿을 준비하였다. 세월호의 시신을 찾는 작업은 계속되고 있었다. 비통한 분위기 속에서 비상시국이니 해원상생굿도 그만두라는 말을 듣고 있었다. 하지만 바다에 수장당한 영혼들을 건져 저승으로 보내드리는 무혼굿이기 때문에 오히려 굿은 계속돼야 한다 하였다. 4·3의 영혼과 함께 세월호 침몰에 죽은 영혼들까지 함께 초혼하여 저승으로 보내는 합동위령굿으로 무혼굿을 해야 한다 주장하였다. 4·3에 총살당하여 돌에 묶여 던져진 시신들, 그리고 꽃다운 청춘에 수학여행 가는 길에 바다에 묻혀버린 꽃다운 청춘들, 구조만 기다리다 죽은 영혼들은 모두 먼 옛날 인당수에 빠져 죽은 가련한 심청이가 아닌가.

살아남은 사람들의 회한과 함께 슬픔의 기억들을 내려놓으며 나의 눈에는 신이 보이지 않고 신이 나지 않으니 세모의 하늘에 바람까마귀 한 마리 날려 본다. 하늘에 바람까마귀 있어 하늘이 움직이니 우리가 사는 탐라땅, 바당밧, 바람곶, 곶자왈, 오름과 드르, 마당과 올레를 다 이어 폭낭 아래 대 세워 굿을 해야 할 것 같았다. 폭낭으로 하늘과 땅을 잇는 우주목 삼고, 집안 상방 마루 사방에 당클을 매고, 마당에 큰대 세워 진짜 굿을 하고 싶었다. 제주 원주민들이 큰대 세워 하는 하늘굿, 천제(天祭)를 하고 싶었다.

2014년, 동학 120주년을 넘기는 청마의 해라며 뭔가 새로운 희망을 심으려던 갑오년의 사람들은 왜 억울하게 죽임을 당하였는가? 왜 바당에 수장되었나.

우리의 아름다운 청춘들을 실은 세월호의 침몰은 너무 처참하였으니 새해의 좋은 운수를 가져올 바람까마귀에게 청해본다. 시베리아의 천해(天海) 바이칼 호수, 한류의 시원에서 불어오는 서북바람을 맞으며, 바람을 몰고 와 제주의 과양당 모흥혈에 신단을 짓고 하늘굿, 천제를 지내려니, 사람들은 이 하늘굿을 일러 탐라국 입춘굿놀이요, 탐라국에서 개최하는 세계인의 한류원주민 동이(東夷)의 하늘제라 하더이다.

하늘에 바람까마귀 있어

하늘이 움직이니 우리가 사는 탐라땅

바당밧 바람곶 곶자왈 오름과 드르

마당과 올레를 다 이어 폭낭 아래 대 세워

굿을 해야 할 것 같았다

폭낭으로 하늘과 땅을 잇는 우주목 삼고

집안 상방 마루 사방에 당클을 매고

마당에 큰대 세워 진짜 굿을 하고 싶었다

「갑오년의 바람까마귀
어디로 날아가나」 중에서

성탄 전야,
이 땅을 찾아온
하느님에게

신이시여. 당신이 찾아온 이곳 한국은 아름다운 촛불의 나라, 촛불이 모여 희망을 만드는 광명의 나라입니다. 그러나 안을 들여다보면, 일본 군국주의 식민지배로 얼룩은 나라, 군사독재의 상처가 지워지지 않은 불행한 나라입니다.

　　그러나 한국의 시민들은 오늘 성탄 전야에도 촛불을 켜고 하늘굿을 하여 당신을 찬양하였습니다. 우리는 당신의 강림을 찬양하며 우리의 새 역사를 다시 쓰려 합니다. 이제 촛불의 힘으로 쪽팔리는 창피한 대통령 박근혜를 탄핵하고, 감옥으로 보내 새로운 민주주의 질서를 세우려 합니다. 악마의 피를 수혈하며 온몸에 바늘 자국인 호명정구(마마)를 앓는 병든 대통령, 촛불의 민심을 거역한 대통령, 청와대의 그늘에 숨어 악마의 흰 분을 바르고 놀고 있는 대통령을 치우려 합니다. 병든 유신의 잔당들, 박정희 독재의 망령들을 청소하려 합니다. 2016년 병신년 12월 24일 크리스마스 전야에 나는 나의 역사와 촛불의 의미 그리고 민주주의를 짓밟은 박정희의 망령과 박근혜가 찍어낸 반역의 역사를 기록하려 합니다.

나는 초등학교 6학년 때, 1961년 4월 혁명의 날을 기억합니다. 검열에서 지워진 동아일보의 기사에서 본 김주열 열사의 시신, 총탄에 맞아 바다에 버려졌던 시체의 찌그러진 얼굴을 기억합니다. 부지런히 교모에 돌멩이를 주워 담아 데모하는 제주상고 형님들에게 넘겨주던 그 시절을 기억합니다. 어린 나도 무언가 세상이 달라지는 걸 느꼈던 역사의 현장을 기억합니다.

1962년 봄에 나는 전국 보이스카우트 경진대회에 제주 소년단 자격으로 서울에 가 청와대를 방문했습니다. 민주당 출신 윤보선 대통령의 극진한 대접을 받았고, 청와대 곳곳을 견학하면서 대통령과 함께 사진도 찍었고 맛있는 과자와 점심도 먹었던 날을 기억합니다. 그리고 대통령 할아버지가 나 같은 개구쟁이 아들의 찢어진 책가방을 보여주며 웃으시던 미소를 기억합니다. 그런 청와대가 지금은 평화 없는 박근혜 집단의 음모의 소굴이 되었음을 통탄합니다.

1962년 그해 5월에 육군 소장 박정희가 민주당 정권을 찬탈했고 그때부터 18년의 군사독재시대가 되었습니다. 나는 제주시 건입동 남양여인숙 보이로, 문학청년, 화가를 꿈꾸는 로

맨티스트로 70년대 청년기를 살았습니다.

1978년 어느 날, 동부두 남양여인숙은 큰 화재를 만났습니다. 불타던 그날 나는 유명한 보살이 원명사에 와 강연한다는 소문을 듣고 절에 갔습니다. 거기서 큰손 장영자의 설법을 듣고 사라봉을 넘어올 때였습니다. 멀리서 활활 타는 남양여인숙을 보았습니다. 불낸 사람은 부마사태로 제주에 도망 와 우리 집에 하숙하던 대학생이었는데 그는 석유 두 되를 사다 이불에 뿌리고 타 죽었습니다. 우리의 생명줄이었던 남양여인숙만 작살내고.

나는 자살한 무연고자의 시신을 리어카에 싣고 삼도2동 제주도립병원 영안실에 끌고 가며 울었습니다. "우린 어떵 살꺼?" 이틀 뒤, 동생이 급히 와 소리쳤습니다. "성님. 박정희 죽었덴 마심." "어떵 헨?" "김재규 총에." 나는 궁정동의 화려한 파티에서 김재규의 총탄에 박정희 대통령이 죽었다는 소식을 들었고, 그날 밤새도록 술을 마셨습니다.

그리고 2016년 병신년 성탄 전야 촛불집회에서 돌아온 나는 그때의 장영자의 사기극보다 100배 더 큰 8,000억 원을 주무르는 최순실 사기극을 봅니다. 박근혜의 얼굴에 쏘아대는 악마의 주삿바늘과 세월호 7시간의 비밀을 그린 대통령의 푸르딩딩한 상판을 그려봅니다. 병신년 세모에.

다시
다랑쉬굴에서

- 다랑쉬굴에 산화한 4·3의 열한 영
  혼님들을 제주를 사랑한 이애주
  누님과 함께 '미여지벵뒤'에서 저
  승으로 보내며

허공중에 흩어진 넋이여,

살은 썩고 녹아 흙이 되고, 뼈로 남은 혼백이여,

구름 길 바람 길에 떠도는 넋이여,

갈기갈기 찢겨 까마귀밥도 되지 못한 원혼이여,

신문지 조각에 성명 몇 자로 남아

유골 처리를 두고 왈가왈부하는 그날의 4·3 넋이여,

위령비 하나 떳떳하게 세우지 못하게 하여,

누구 하나 물 한 그릇 밥 한 그릇 주는 이 없고,

먹어라 써라 하는 이 없는 서러운 영신 혼백이여,

좋은 세상 만나면, 웃음 웃으며 살자고

산으로 가서, 동굴 속에서 산산이 부서진

그 시국의 제주 사람이여,

허망한 미래를 약속하던 슬픈 눈망울들이여,

헌 옷가지에 녹슨 비녀와 쇠솥 둘, 놋그릇,

놋수저, 놋쇠 제기, 잔받침,

물통, 가위, 요강, 석쇠, 화로, 구덕, 주전자, 나무 주걱

굴 한 귀퉁이 옹색하게 널려있는 사람 살던 흔적들이

어찌 그리 비참한가, 4·3 현대사의 유물이여,

시국이 잠잠해지면, 마을에 내려가

검질도 매고, 씨도 뿌리고, 곡식도 거두려고

이것만은 고이 간수해 두어야지 하며, 가지고 나온

아, 선량한 농사꾼의 쇠스랑이여,

나대여, 괭이여, 자귀여, 도끼여, 숫돌이여,

찬은 없어도 이것만 있으면 된다는

'밭에 나는 고기' 된장 항아리여,

그리 빨리 죽어질 줄 알았다면, 이 무슨 소용이겠습니까.

다 버려두고 몸만 멀리 날아가 버렸다면,

이여도처럼 굶주림이 없는 나라로 훨훨 날아가 버렸다면,

더러운 세상에 억울한 누명을 쓰고 죽은 원혼은 면했을 것을.

수류탄이 투하되고, 불이 지펴져 찢긴 육신에,

꺼져 가는 호흡을,

피눈물에 어금니를 물고, 마지막으로 외쳐보던 절규,

"살려줍서!" "살려줍서!" "살려줍서!"
살기 위한 몸부림 저리도 처절하였는데,
누가 들었고, 누가 보았습니까.
그 후, 주민등록증에 빨간 줄이 그어지고,
사상범이 되어 이름 석 자는
이 세상에서 영원히 지워졌습니다.
굴에 숨어 살았으니 빨갱이였다 하고,
지금도 사람들 중에는 유골을 재판하여야 한다고들 합니다.
잔인한 세월의 기득권이 남아 죄 아닌 죄를 덮어씌우려는,
지금도 세상은 어둠입니다.
다랑쉬굴 어둠 속에 누워 잠든 서러운 영신님네,
답답한 세월 어둠의 껍질을 벗겨내고,
밝은 속살 드러날 내일을 위해
칭원하고 원통한 가슴, 썩은 살 버려두고
뼈다귀로만 당당히 걸어
이제 굴 밖으로 나오십서.
그리하여 연기에 막힌 가슴 미어지는 고통을
한숨 크게 들이쉬어 풀어내고,
시국 잘못 만난 탓에 억울하게 죽었으니,
더 이상 굴속에 버려지지 않겠다 하시고,
찢긴 육신 썩은 살,
뼈다귀로만 항변하던 그 누명의 옷을 벗으십서.

내 한 몸 뉠 자리 없던 추운 겨울과
음습한 여름 장마의 곰팡이를 바람에 불리고,
굴 밖으로 나오십서.
지금은 봄이 올 듯도 합니다만,
아니 봄은 저만치서 산철쭉으로만 피어있는지 모르지만,
따뜻한 양지쪽에 누우셔서 자손들 절 받으시고,
사무친 슬픔, 그 통한의 세월을 한껏 울고 가옵소서.
자소주에 계란 안주 받아 배고픈 몸 요기를 하시옵고,
오늘은 1992년 4월 3일 다랑쉬굴 발굴 10주년이 되는
2002년 4월 3일
다랑쉬굴 앞 곶자왈에 굿판 마련하여
제주의 큰심방 김윤수 선생님이 〈차사영맞이〉를 하여
영혼길을 치고,
이애주 누님이 돌밭 위에 맨발로 바람 속 몸글을 썼으니
열한 영혼이여, 시원시원하게 울고 가옵소서.
이승에 둔 미련이야 억울한 누명을 벗는 일 아닙니까.
이제 사람들은 반공법의 공소시효가 지났다 하옵고,
뼈다귀에 죄를 씌울 수야 없다고 합니다.
다만 귀찮은 일 적절한 선에서 마감하되
합장지묘의 형태를 취하면, 자꾸자꾸 귀찮아지니,
유골 처리만으로 쓰레기 청소하듯 정리하려 합니다.
아무리 잔인한 세월, 모진 인심을 살았을망정,

그러나 허공중에 허튼 넋,

구름 길 바람 길에 흩어진 넋을 모으고,

뼈를 묶고 기워서, 영육 한 몸으로 묶어

이제는 원혼을 풀어주는 위령제를 지내주어야 한다는

여론과 높으신 의원님들의 말치레도 있고 하니,

떳떳하게 울고 가옵소서.

조카야, 내 설운 조카야 하며 실컷 울고 가옵소서

눈물수건 드리오니, 눈물수건으로 눈물을 닦으시고,

⊠든 의장 뼈를 싸 얼었던 몸 녹이고, 얼은 마음 풀어서,

이제랑 정든 마을, 버려 둔 처가속들 찾아가

44년 울지 못한 설움을 풀고 가옵소서,

저승 상마을로 가 나비로나 환생하소서,

눈물이 죄 될 리야 있습니까.

눈물이 법에 걸려 두 번 죽을 리야 있습니까.

원통하고 칭원한 열한 영신님네,

산산이 흩어지고, 찢기어진 영혼이여.

인간의 삼 혼 중에 한 넋만 없어져도 검뉴울꽃 되는 법이오니,

허공중에 떠도는 넋을 차사영신기 둘러 받아

초혼 이혼 삼혼을 씌우려 합니다.

어, 다랑쉬굴에서 무자년 동짓달 열여드렛날

인간 하직한 불쌍한 열한 영신님네.

초혼을 씌우져 합네다.

초혼 돌아옵서, 초혼 본~
이혼을 씌우져 합네다.
이혼 돌아옵서, 이혼 본~
삼혼을 씌우져 합네다.
삼혼 돌아옵서, 삼혼 본~

다랑쉬굴 어둠 속에 누워 잠든 서러운 영신님네

답답한 세월 어둠의 껍질을 벗겨내고,

밝은 속살 드러날 내일을 위해

칭원하고 원통한 가슴,

썩은 살 버려두고 뼈다귀로만 당당히 걸어

이제 굴 밖으로 나오십서

「다시 다랑쉬굴에서」
중에서

돔박새
운다

올해는 60년에 한 번 찾아오는 황금돼지해라고 한다. 돗통시에서 키운 꺼멍헌(검은) 흑도새기 잡아 돗제를 하고 마을 사람들이 각반분식하여 나누어 먹는 추렴, 잔치집에서 돗괴기(돼지고기) 석 점 나눠 먹던 인심처럼 올해는 부지런히 글을 써서 예술의 다복한 결과를 나누고 싶다.

　　계획으로는 4·3채록집의 내용을 4·3 장편 굿시로 다시 쓴 '영게울림', 새로운 여름축제 '칠성굿', 제주큰굿 자료편 등을 준비하고 있다. 이 작업과 함께 늘 마음에 그려오던 것은 제주큰굿이 우리에게 전해주는 미학, 상상의 새(悲鳥) '비새'가 운다고 말할 수 있는 죽은 영혼과의 대화, '영게울림'으로 이루어지는 눈물의 미학을 완성하는 것이었다.

　　나는 굿을 통해 비새가 어떤 새인지 알게 되었다. 영게
[靈魂]와의 대화에서 슬픔에 겨워 흐느끼는 '심방의 말명' 같은
말을 두고 할머니들은 "비새같이 울엄저."라 했다. '슬피 우는
새의 울음'을 '비새가 운다'로 표현하는 것이었다. 최근에 나는
그 상상 속의 '비새'가 바로 돔박새란 확신이 생겼다.

　　전교조 활동으로 해직되었을 때, 아무것도 없이 성읍리 구
렁팟 10평짜리 집에 유배되었다. 그곳에서 홀로 비 오는 밤에
들었던 '돔박새' 소리. 그때 굿판에서 심방들이 동백꽃을 들고
춤을 추며 하는 말을 들었다. 동백꽃은 생명꽃, 환생꽃, 번성꽃
이라 했다. 비 오는 깊은 밤, 취중인지 꿈속인지 모르게 들었던,
슬프게 우는 돔박새의 울음. 지금 와 생각하니 그것은 비새의
울음소리였다. 그날 밤 두서없이 써 내려간 시가 '돔박새 운다'
였는데 그때는 초라한 나의 모습만 어른거려 생각하지 못했다.
분명 돔박낭 가지에 앉아 울던 돔박새는 상상의 새 '비새'였다.

　　4·3 70주년, 누구나 동백꽃을 이야기한다. 제주 사람들에
게 동백꽃은 곶자왈에 자생하는 짙고 붉은 꽃, 오랫동안 마을
을 지키던 커다란 나무의 검붉은 꽃, 그렇게 생명의 윤기를 발
산하는 생명꽃, 환생꽃, 번성꽃이다. 동백꽃을 보며 생명을 이
야기할 때 진정 제주 4·3이 꽃이 된다. 그때 동백 가지에 앉아
있는 돔박새(白眼雀 흰눈참새), 상상의 새 '비새'가 보일 것이다.

돔박새 운다 돔박새 운다

새벽안개 속에 돔박새 운다

어둠을 쓸며 어둠을 쓸며

생명꽃, 환생꽃, 번성꽃 물고

어둠을 쓸며 돔박새 운다

돔박새 운다 돔박새 운다

새벽안개 속에 돔박새 운다

제주 절섬 성읍2리 구렁팟

붉은 동백 가지 끝에서

주문을 외며 돔박새 운다

돔박새 운다 돔박새 운다

새벽안개 속에 돔박새 운다

배고픈 새 쌀 주고, 물그린 새 물 주며,

사랑 잃은 새 님 그려

밤비소리 가르며 돔박새 운다

「돔박새 운다」

마지막
문서연락병

1945년 제주에 찾아온 광복, 그러나 광복은 말뿐이고, 제주에
는 일본이 가자 미군이 왔다.

　일본 유학을 마치고 돌아온 제주의 인재들이 46년 3월에
창립한 '조천중학원'은 지금보다 수준 높은 중학교였다. 중학
원 학생들은 47년 3·1절에 관덕정 북쪽 제주북초등학교에 집
결하여 새 세상을 여는 3·1만세운동을 주도했다. 그들은 신학
문을 배울 책이 없었지만 일본에서 공부하던 선생님들의 노트
내용을 프린트한 교재로 공부했다. 그 프린트물들은 중학원의
교재로 쓰였으며, 뒤에는 마을마다 학생들에게 배달되는 교재
로 쓰였다.

　때문에 문서를 배달하던 조천중학원 학생들에게는 '문서

연락병'이란 다른 이름이 있었다. 그들은 신지식과 문화를 산과 마을에 전달하는 문화운동가, 진보적인 교사에게서 받은 지식을 전하는 전도사, 명예로운 임명장을 가진 '문서연락병'이었다.

나는 4·3 시절의 조천중학원 출신 마지막 문서연락병을 안다. 내가 그를 만난 건 봉개마을 마을지 발간 때문이었다. 그는 자신이 마지막 문서연락병이며, '트'라 부르는 '아지트', 산전에 계시던 조천중학원의 역사 선생님이 돌아가신 후로 문서연락병 일을 그만두었다고 했다. 나는 그를 대신할 오늘의 문서연락병을 찾는 일이 문화운동이며 4·3운동이며 교육운동이라 생각했다. 그래서 4·3답사의 길을 걸었다.

그는 그때 "날이 잡히면 산전까지 데려다준다." 했다. 그때가 1988년 겨울, 나는 4·3연구소 초대 사무국장으로 개소식을 준비하고 있었고, 비공식적으로 부지런히 4·3답사를 다니고 있었다. 그 결과물이 최초의 4·3 제주민중항쟁 증언자료집 《이제사 말햄수다》이다.

1989년 여름에 4·3연구소가 문을 열었다. 그때 마지막 문서연락병과 날을 잡아 만났고 소설가 오성찬, 현기영 선생과 함께 산전을 현장 답사하였다. 4월굿 작업은 그렇게 시작되었다.

그리고 2019년 6월, '문서연락병', '이팔청춘', '언젠가 봄날에'라는 마당굿을 보았다. 모두 너무 좋았다. 저승에 가지 못한 서러운 영혼들을 굿을 하여 저승 보내는 일이 진짜 마당굿 문서연락병의 역할이라면 오늘의 문서연락병은 누구일까.

마당굿의 문서연락병은 '조천중학원'에서도 보였고, 홍승연 배우의 '이팔청춘가'에서도 묻어났다. 특히 박강희 연출의 '언젠가 봄날에'에서는 저승에 가지 못해 이승의 정인, 식구, 동지들 곁에 맴도는 영혼들을 거두어 이승과 저승 중간쯤에 있다는 '미여지벵뒤' 가시나무에 피 묻은 옷 걸쳐두고 새로 마련한 옷과 짚신을 신기고 사랑하는 사람과 이별하는 4·3마당굿판의 광주 5월굿을 보아서 좋았다. 광주에서 저승에 못 간 세 사람의 영혼을 저승으로 보내는 '영게 돌려세우는 마당굿'의 문서연락병을 그리며 영혼을 저승에 보내는 게 너무 좋았다.

광대여 안녕.

저승에 가지 못한 서러운 영혼들을
굿을 하여 저승 보내는 일이
진짜 마당굿 문서연락병의 역할이라면
오늘의 문서연락병은 누구일까

「마지막 문서연락병」
중에서

3부

남양여인숙
으로부터

지도에서는
사라졌지만
쓰지 않은 소설 속에
유령처럼 남아있는
우리의 생명줄.

섬문화 축제의
토대

섬문화 축제가 한창이다. "섬들이 몰려온다"라는 웅장한 타이틀의 기사를 읽으며 화려한 축제, 성공적인 축제를 기대해 본다. 그런데 연일 비 날씨로 몇몇 행사가 취소되었고, 관광객으로부터의 항의가 빗발친다는 소문을 들으며, 참으로 안타깝다. 무슨 대책은 없을까. 비가 그치면 다시 축제는 시작되겠지만, 제주에서 보름 이상 계속되는 야외 축제를 성공적으로 치르려면 장기적으로는 비 날씨를 대비한 대형 상설 공연장이 필요할 것 같다. 기왕에 말이 났으니 제주의 축제가 성공적인 세계 축제가 될 수 있는 방안을 구상해 본다.

　우선 비 날씨 때문에 공연이 취소되더라도 다른 많은 볼거리가 있는 공연장과 전시장 그리고 민속 마을이 공존하는 문화 단지의 건설이다. 축제가 있는 해마다 비용을 들여 민속촌을 방불케 하는 민속장터를 일시적인 세트로 건설할 것이 아니라, 축제가 없을 때도 관광객이 찾아오는 대규모 문화단지로 구축하고, 언제 어느 때나 관광객이 찾아오는 이름난 장소가 된다면, 그리고 그곳에서 세계적인 축제가 해마다 열리게 된다면, 비 때문에 눈 때문에 식어버리는 축제는 더이상 없을 것이다.

축제의 현장은 허허벌판에 일시적으로 건설한 세트가 아니라 제주문화의 토대를 구축한 마당이어야 하는 이유가 거기에 있다. 사람들이 모이는 장터에서 탈춤을 추고 정보를 나누었던 소박한 전통축제의 토대를 무시하지 말자. 해마다 외국인과 관광객이 찾아오는 세계적인 축제가 열리는 곳, 언제나 제주의 모든 것이 있다고 인상 깊게 새겨지는 문화단지의 구축이 축제보다 우선 이루어져야 할 것 같다.

기왕에 2년에 한 번씩은 봄과 여름 중간에 여름축제로서 따뜻한 남쪽 섬나라의 강렬한 춤바람이 제주에 몰려오게 하면 어떨까. 섬문화 축제가 없는 해에는 가을과 겨울 사이에 하는 겨울축제로서 세계 샤머니즘 축제를 열어, 시베리아의 서북풍처럼 제주의 큰굿과 함께 시베리아 야쿠츠크 족의 샤먼으로부터 동남아와 인도까지 각 지역의 신바람이 몰려오게 하면 어떨까. 제주도는 그야말로 해마다 관광객들이 찾아오는 국제적인 축제의 고장이 될 수 있을 것이다.

　　섬문화 축제의 기획을 보면, 세계적인 축제를 만들려는
노력에 비해 제주 문화를 포장하는 전문성은 없는 것 같다. 기
회 있을 때마다 주장하는 바이지만, 아무리 많은 볼거리를 제
공한다 하더라도, 우리 것이 돋보이지 않는 축제는 손해 보는
장사다. 축제가 엄청난 돈을 들여가며 각국의 연희패를 초청
하여 즐거운 춤판을 제공해주는 대신, 한국방문의 해를 구실
로 우리 것을 과시하고 돋보이게 하는 홍보 효과도 있어야 손
익계산이 맞는 것이다.

　　섬문화 축제가 다양한 볼거리가 있음에도 제주 문화의 정
체성을 뚜렷이 드러내지 못하는 아쉬움이 남는 것은 축제를 기
획하는 주최 측에서 세계적인 관광축제를 만들려는 데 많은 신
경을 쓰면서도 '제주적인 것'에는 너무 소홀했기 때문인 듯하
다. 이 점은 앞으로 곰곰이 생각해 보아야 할 우리들의 과제다.

　　제주도의 큰굿은 세계적인 것이라 자랑한다. 그러나 섬
문화 축제의 행사에는 굿이 별로 없다. 1만8천 신들의 나라니,
신화의 나라니 하면서, 신들이 내려와 인간을 신나게 하는 제
주 문화의 족보가 없다. 갈옷 빛깔의 외피만 장식할 뿐이다. 우
리 것에 대한 깊은 배려와 자신감이 표현되어야 한다. 두 이레
열 나흘 동안 하는 제주의 큰굿을 14일 동안 차례 차례로 행하
며, 세계의 사람들이 몰려와 춤을 추는 세계적인 축제를 계획
할 수는 없을까.

　　대형 축제에서 제주 굿이 지닌 문화예술적 잠재력을 충분

히 활용하지 못하고, 축소 왜곡시켜버리는 것은 잘못이다. 굿
은 그 자체로 축제의 힘을 지니고 있다. 또한 많은 신화들은 제
주 사람들의 문화적 상상력을 표현하고 있다. 신화의 세계를
화려하게 펼치는 것이 축제임을 상기해 주기 바란다. 화려한
시설물 중간 중간에 큰대를 세워 깃발을 달고, 1만8천 신들이
내려와야 비로소 축제가 시작되는 것이다. 비가 올지라도 신
이 있어 신나는 것이다.

| 2001. 8. |

신 없는
거리

육지 사람은 겨울 날씨를 24절기 중 소한과 대한을 중심으로
이야기하지만, 제주 사람들은 대한 뒤에 찾아오는 '신구간'의
날씨와 풍속을 그리며 이야기한다.

제주의 신구간은 정말 춥다. 신구간은 신의 간섭 없이 자
유롭게 가옥을 수리하고 변소를 고치고 새집을 빌려 이사할 수
있는 신들의 공백기이며, 제주의 독특한 이사 풍속을 말한다.
제주 사람들은 신구간의 지독하게 추운 날씨를 저주하며 이삿
짐을 싣고 나르는 천형을 체감하며 살았다. 가난한 사람들에겐
날씨도 춥지만 마음이 더 춥다. 이삿짐을 싣고 눈밭을 지나 어
디론가 떠나는 제주 사람들은 모두 주소와 전화번호를 꼬리표
로 달고 잠시 번지 없는 유랑의 노숙자가 되었다.

　　신구간 풍속은 조선 영조 13년(1737)에 지백원(池百源)이
지은《천기대요》세관교승(歲官交承)조에, "대한 후 5일에서부
터 입춘 전 2일까지는 신구 세관이 교대하는 때다." 하였다. 사
실 제주 사람들은 입춘 전 3일까지 7일간을 신구간이라 하고
있다. 제주의 겨울, 지난해 농사일과 세사를 주관하던 세관(歲
官)이 지상의 임무를 마친 신들, 예를 들면 본향당신, 문전신,
부엌의 신, 변소의 신, 정주목신, 눌굽지신 등을 인솔하여 하늘
에 올라가고, 새해의 새로운 세관이 옥황상제의 명을 받고 모
든 지상의 신들과 함께 지상으로 내려오기 전, 이 세상에 신들
이 부재하는 기간이 신구간이다.

　　제주의 천지창조 신화에 의하면, 태초에 세상은 와왁한
어둠이었다 한다. 시루떡 같은 어둠의 덩어리에 금가르는 물이
돌아 금이 생기고, 하늘 방향으로 푸른 물이 내리고 땅의 방향
으로 검은 물이 솟아나 점점 벌어져 어둠의 덩어리는 하늘과
땅으로 나뉘었다. 하늘에 별이 떠 밤하늘을 수놓았고, 땅에는
어둠을 가르며 닭이 홰를 쳐 울어 새벽을 알렸으며 동쪽 하늘
에서 태양이 떠올랐다.

　　하늘과 땅이 갈리자 신은 하늘을 차지하고, 땅에는 사람
이 살게 하였다. 사람 사는 땅에는 해그림자로 시간을 만들어
1년은 365일, 봄·여름·가을·겨울 4계절, 12달 24절기로 나누었
다. 해마다 농사와 세사를 신이 관장하게 하였고 이 신을 세관
(歲官)이라 하였다. 세관은 해마다 세사를 돌보다 24절후의 끝인

대한이 지나면 하늘에 올라갔다. 신임 세관이 새해의 세사를 맡아보기 전, 대한과 입춘 사이에 세상에는 신들이 부재하는 시간이 생겨나게 되었다.

　신구간은 이렇게 해서 생긴 신의 공백기, 신이 없는 세상의 일주일이다. 와와한 어둠을 허물고 새 질서를 만드는 일주일, 집을 짓고 변소를 고치고, 살림살이를 새롭게 정리하여 한 해를 다시 시작하는 시간이다.

　제주 사람들에게 신구간은 신들이 없는 동안이라 신의 간섭을 받지 않는 시간, 새로운 질서를 구축하는 시간이다. 이때는 헌 집을 고치고 새집을 짓고 변소를 고치고 부정한 일을 하거나 쓰레기를 태워도 동티가 나지 않는다. 신의 제재를 받지 않기 때문이다. 신들이 부재하는 동안에 일어난 일은 새로 부임하는 신들에게는 모두 용납되기 때문이다.

　신구간이 지나면 지독한 추위가 가고 베롱한 온기가 뻗어와 새날 입춘을 맞이하는 것이니 신구간은 신들과 더불어 살아가는 제주 사람들의 겨울나기 통과의례 같은 것이었다.

| 2002. 02. |

우리의
축제

K형, 언제부턴가 형은 나에게 조용히 살라 했지요. 그에 대한 대답은 아니겠지만, 나도 이제는 소모적인 삶보다 실속 있는 성숙한 삶을 살아야겠다 결심하며, 몇 자 적어 보냅니다. 언제나 형은 나의 열정과 광기를 부담스러워하셨죠. 후배들도 마찬가집니다. 그리고 형은 굿을 너무 몰랐고 이해하려 하지 않았습니다.

　　30년 동안 줄기차게 굿만 붙들고 씨름하는 나를 정말 질기긴 질긴 놈이라 합디다. 굿으로 시를 쓰고, 굿으로 마당극을 하고, 굿으로 문화운동을 하는 나에게 사람들이 후배들이 그리고 문화부 기자들이, 특히 기독교를 믿는 대부분의 이웃들이 저 사람 어떤 사람이냐며 매우 불쾌하게 생각합디다. 하지만 나는 굿이 없으면 제주 문화가 없고, 굿이 아니라면 역사를 다시 쓸 수 없다고 줄곧 주장해 왔습니다.

이번에 월드컵 기념행사로 제주해녀축제를 하는 것을 아마 형은 보았을 테지요. 나와 불편한 관계가 되지 않으려고 형은 축제의 현장을 서성거렸습니다. 나도 형이 제 곁에 있어 그나마 외롭지 않았습니다. 늘 굿만 하는 나에게 어떤 기자가 물었습니다. "왜 축제에 굿만 하느냐? 다른 주민의 참여를 유도하는 이벤트가 있을 텐데?" 나는 언제나 제주도의 전통축제는 굿밖에 없었다고 설명했고, 그들은 이해하려 하지 않았습니다.

48년 만에 16강에 진출한 한국의 월드컵 축제는 정말 눈부시게 화려했습니다. 하지만 그 때문에 지자체 선거는 최악의 투표율을 기록했고, 파리 날리는 40여 개의 월드컵 기념행사, 15% 감소한 관광객 등 제주의 월드컵 특수를 잔뜩 기다리던 사람들은 울상이 되었습니다. 사람들은 만사 제쳐놓고 오직 월드컵 16강, 8강, 우승까지도 내다보며 열광하고 있었습니다.

그때 탑동 골목에서 형을 만났습니다. 형은 제주도의 진보적인 지식인, 어느 정도 명성을 얻은 교수이기도 했습니다. 형이 호텔에서 학회에 참석할 때, 형이 문학강연을 할 때, 나는 해변에서 즉흥시를 낭송하고, 포구에서 제주해녀축제를 한다고 춤을 추고 있었습니다.

붉은 악마 군단의 광적인 응원과 온 국민의 대동 단결한 뜨거운 열기에 동참하면서도 우리는 세상과는 다소 소외되어 홀로 외로웠다는 것을 알았습니다. 월드컵 기간에 학회에 모인 학자들, 굿보다는 오히려 마늘밭에서 일해야 하는 도민들, 선거 유세에 참여하여 일당이라도 벌어야 하는 사람들.

나는 해녀축제를 통하여 정말 제주 문화가 무엇이며, 제주인의 정체성이 어떤 것인지 보여주고 싶었습니다. 설문대할망을 모셔다가 맞이굿을 하고, 영등굿을 하고, 바다에서 죽은 망자들을 위한 무혼굿을 하고, 마라도를 찾아가 아기업개 처녀당 전설의 배고픈 여신을 위한 굿을 하고, 마지막 날 사계리에서 해녀대축제를 하였습니다.

월드컵의 소란스러운 팡파르 속에 아무도 관심을 갖지 않는 축제를 그래도 제주에서 당당하게 치렀습니다. 변명인지 모르겠습니다만 나는 말하겠습니다. 하루하루 긴장하다가 마지막 남은 힘을 버렸을 때, 정말 행복해지더라고. 나 스스로 축제 속에 빠져들어 나를 잊어버렸던 겁니다.

K형, 굿에서 멀어져버린 제주 사람들이 굿 속에 빠져들어 자신의 존재를 확인할 때까지, 우리의 축제, 제주인의 축제를 스스로 계속 만들어 나가야 하지 않을까요. 축제는 굿으로 하는 싸움, 굿으로 쓰는 새로운 삶의 역사이기 때문입니다.

| 2002. 06. |

제주 사람들이 굿 속에 빠져들어
자신의 존재를 확인할 때까지
우리의 축제 제주인의 축제를 계속
만들어 나가야 하지 않을까요
축제는 굿으로 하는 싸움
굿으로 쓰는
새로운 삶의 역사이기 때문입니다

「우리의 축제」
중에서

붉은 악마의
명암

2002 한일월드컵은 이변의 연속이다. 우리는 16강에 편입하는 순간 모두 48년의 한을 풀었다고 하였다. 도대체 무엇에 한이 맺히었단 말인가. 월드컵 대회에 나가 연속 꼴찌만 했던, 단한 번 슈팅을 날리지 못했던 그 콤플렉스가 한이라면 한이다.

한일 월드컵은 또한 아시아를 대표하는 두 나라의 국민성과 문화를 유럽과 남미, 미국, 그리고 아프리카 사람들에게 인상 깊게 각인시키는 이상하고 묘한 문화의 힘을 과시하고 있다. 지금 두 나라에서는 승리를 열광하며, 응원군단의 전쟁이 벌어지고 있다. '악마들의 전쟁'이라는 섬뜩한 응원전이 볼거리를 제공하고 있다. 응원전의 이면에는 그 나라의 문화의 원류를 되짚어 볼 수 있는 문화의 코드를 가지고 있다. 붉은 악마는 한국의 문화현상이며, 변종이 된 21세기형 한국문화의 또다른 형태다.

"대한민국. 짜잔짜 찬짜" 하며 양철냄비는 부글부글 끓고 있다. 경기장과 거리에서 온 국민이 응원을 하고, 경기가 끝나면, 승리의 기쁨을 만끽하며 축제의 밤을 보내고 있다. 감정은 광기가 되고, 광기는 춤추고 노래하며, 모든 원칙을 다 무너뜨려 버린다. 그렇다면 우리의 전사, 붉은 물결의 악마군단은 어디서 유래하는 걸까.

'붉은 악마'는 한국 젊은이의 정서를 대변하고 있다. 젊은이는 축구를 통해 한을 풀고 있다. 승리에 도취해 열광함으로써 현실의 불만, 사회에 대한 소외감과 배신감, 개인적 스트레스까지 한꺼번에 풀 수 있는 승리의 '대리 만족'을 즐기고 있다. 이 대리만족이 젊은이들에게는 감정의 출구인 것 같다. 집단적 신명을 통해 민족공동체에 편입할 수 있는 기회를 얻게 된 것이며, '한국인'이라는 것을 처음으로 자랑스럽게 느껴보게 된 것이다.

우리는 정이 넘쳐 감정적이고, 흥분 잘하고 격정적인 광기를 지니고 있는 것이 자랑스런 한국 사람이며, 우리 붉은 악마는 그러한 민족의 화신임을 믿게 되었다. 그러므로 붉은 악마의 응원 열기는 우리 민족의 정서인 것이다. 그것은 집단신명과 한풀이이며 고대로부터 현재까지 우리 민족이 지니는 민족성의 토대이다. 단군 시대에 하늘 가까운 태백산에 온 백성이 그들이 생산한 물건을 가지고 올라와 다른 지역의 사람들과 물건을 교환하고 정을 나누며, 신과 더불어 제사를 지내던 신시(神市). 남녀가 함께 모여 풍요를 기원하고 술 마시고 춤추고 노래하는 축제의 나라에서 월드컵은 축제의 신명을 불러일으키기에 너무나도 잘 맞아떨어졌다.

붉은 악마를 통하여 한민족공동체의 의식으로 되살아난 '한국바람'은 두렵고 무서운 불안감까지 우리에게 가져오고 있다. 그것은 현재의 정치사회가 국민에게 부과한 스트레스형 질환과 무관하지 않으며, 정치적·문화적 냉소주의가 붉은 악마 신드롬을 만들어내고 있는 것은 아닌지 심히 우려된다는 것이다. 월드컵 때문에 관광객이 줄었고, 월드컵을 기념하는 온갖 문화축제 현장에 사람들이 모이지 않았다. 지자체 선거의 낮은 투표율로 바람은 엉뚱한 곳으로 불었다.

민족공동체를 집단화하고 공동체의 신명이 되살아났다는 것은 뒤집으면 히틀러 시대를 방불케 하는 맹목적 국수주의가 극단적인 극우화로 치달을 염려도 있다는 것이다. 아름다운 인정이 언젠가 증오로 바뀌고 저주를 퍼붓게 될 것이 두렵다. 붉은 악마로 표현되는 문화현상은 민족의 원형에서부터 새롭게 형성된 21세기의 공포까지 포함한 개념이다. 이제 붉은 악마는 세계화된 한국을 상징하는 문화의 코드가 되었다.

| 2002. 07. |

복원된
외대문이
너무 작다

제주시가 원대한 꿈을 가지고 추진해 온 사업 중의 하나는 조선시대 제주시청 건물이라고 할 수 있는 제주목 관아지 복원사업이다. 일본강점기에 일제는 관아지를 허물고 그 자리에 식민지 지배를 위하여 꼴사납게 콘크리트 건물로 법원, 도청, 경찰국 등을 지었다. 그리고 동문, 남문, 서문 등과 이어지는 제주 읍성의 성곽을 허물어 산지항 축항공사라는 대 역사를 벌였다. 그것은 제주의 옛 도읍지를 흔적조차 없도록 만들려는 악랄한 민족 문화 말살 정책이었다.

　　지금은 "어디 감수광? 나 성안 감저." 하는 말 속에 남아 있는 제주 읍성. 서문통, 남문통, 동문통이라는 일본식 지명 속에 '서문', '동문', '남문'이 있었다는 기억을 떠올릴 수밖에 없다.

성을 허물며 '산포조어(山浦釣魚)'를 연상할 수 있는 산지천의 '남수구문', '북수구문', '남수각' 등의 지명도 사라졌다. 지금 제주 읍성의 유적이 고스란히 남아 있다면 아마 제주시는 관광의 명소가 되었으리라.

그렇게 의도적으로 제주시는 변했다. 그리고 70년대의 개발은 '나문한짓골[南門大路]' 대신 '중앙로'라는 큰길 문화 시대로 들어와 탑동, 중앙로, 광양로로 이어지는 신문화의 거리를 만들었다. 그리하여 제주시는 삼성혈과 오현단, 산지천을 연결하는 유적의 띠를 잇는 문화벨트를 구상하였고, 관덕정을 중심으로 칠성통과 산지천까지 이어지는 '문화의 거리' 청사진을 제시하였으며, 제주목 관아지 복원사업을 착실하게 수행해 왔다.

관덕정과 제주목 관아는 제주 읍성의 중심에 자리 잡고 있다. 그곳은 예로부터 시장이며, 마당이었다. 60년대까지만 해도 리버티 뉴스도 유명 가수의 쇼도 그곳에서 하였다. 육지에서 탈춤이 발달한 곳을 보면, 모든 물물 교류가 이루어질 수 있었던 낙동강 연안 시장이 섰던 곳이다. 마당은 사람들이 모이는 곳에 있으며, 그곳에서 온갖 뉴스와 민중의 의식이 교감하는 탈놀이가 발달하였다.

관덕정 마당은 동촌 사람은 동문으로, 서촌 사람은 서문으로, 웃드르 사람은 남문으로 '지들커(땔감)'를 한 짐 지고 와 해물로 바꿔 가는 시장이었으며, 이 관덕정 마당에서 입춘굿놀이가 성행하였다.

이제 관덕정 우측에는 누각 위에 종을 달아 새벽과 저녁에 종을 쳐서 성문을 열고 닫았다고 하는 영청의 외대문이랄수 있는 포정문이 완공을 앞두고 있다. 지나가다 보면 이형상목사의《탐라순력도》〈제주전최〉그림에서 보던 '포정문'을 현실 속에서 볼 수 있게 되었다. 그런데 "포정문이 너무 작고 낮다."는 느낌을 지울 수 없다.

관아지 발굴 사업을 통하여 복원에 필요한 과학적 검증은이루어졌을 것으로 생각된다. 그러나 만에 하나 관덕정과의 비례와 조화에 어긋났다면, 전체의 복원이 이루어졌을 때 제주목관아 건축의 아름다운 조화를 깨뜨릴 위험성도 있는 것이어서다시 한번《탐라순력도》를 살펴보았다. 그림에서 관덕정과 외대문만 두고 다 지워버린 그림을 연상해 보아도 포정문이 너무 왜소해 보인다. 그래서 관덕정만 상대적으로 크게 보인다.

기초가 되는 반석 없이 기둥을 세운 것은 아닌지, 반석과주춧돌을 관덕정과 비례하여 높였다면, 포정문도 보다 높게 보이고 조화를 이룰 수 있었던 게 아닌지. 사학자의 자문과 국내에 남아 있는 비슷한 유형의 건물을 참고로 했고, 이형상 목사의《탐라순력도》를 보며 기와의 개수를 정확하게 세었다지만, 클레오파트라의 코가 한 치만 낮았어도 세계 역사는 변했을 거라는 말처럼 포정문 기왓장의 크기가 한 치만 작아도 상대적으로 기와와 기와가 맞물리며 이어져 몇 미터의 오차가 생겨서 결국 작은 집이 될 수도 있을 것이다.

　확실한 근거를 바탕으로 하지 않고 만들어진 포정문은 준공을 앞두고 논란을 야기하고 있다. 포정문의 기반은 나중에 들으니 발굴되지 않았다고 한다. 그리고 기록에는 18칸이었다 한다. 제주도의 보통 초가 크기이며 2층이다.

　1914년 6월 6일(음력 5월 5일 단오)에 입춘굿놀이를 재현하여 찍었다는 입춘탈굿놀이의 장면이 1971년 민속극연구소에서 발간한 《서낭당》에 실려 있다. 이 사진을 보면 포정문 1층과 2층에 사람들이 빽빽이 서서 입춘굿을 구경하고 있다. 포정문 양옆으로 이어진 기와 울타리에도 사람들이 올라가 탈굿놀이를 구경하고 있다. 그리고 관덕정 마당을 빙 둘러 그야말로 제주의 중심 마당에서 입춘굿놀이가 벌어지고 있다.

　그 장면을 연상하며 다시 새로 복원된 포정문을 둘러본다. 그런데 사진에 비해서도 너무 낮고 작다. 왜 그럴까. 다시 '제주전최'의 조화로운 관아 배치도를 연상해 본다. 너무 작다.

두 개의
비석

지금 제주에는 두 개의 비석이 세워지고 있다.

　　하나는 제주를 사랑한 제주학 연구의 선구자 '나비 박사 고(故) 석주명 선생'의 추모비다. 이 비석은 2천 5백만 원의 예산을 들여 서귀포 토평리에 소박하게 세우고 있다.

　　그런데 이와는 달리 거창한 비석, 웃기는 비석, 제주를 부끄럽게 하는 비석, 아무리 봐도 제주와는 전혀 관련이 없는 듯한 노래비가 1억 5천만 원이라는 도민의 혈세로 세워지고 있다.

　　이흥렬 선생의 "엄마가 섬그늘에 굴 따러 가면 아기가 혼자 남아 집을 보다가 바다가 들려주는 자장 노래에 스르르 팔을 베고 잠이 든다"는 노래, '섬집 아기'를 기념하는 비석을 구좌읍 종달리에 세운다고 한다. 묘한 비석이 참으로 묘한 곳에 세워지고 있다.

종달리는 고려가 탐라국을 식민지로 만들기 위하여 술사 고종달이(호종단)를 보낸 곳이다. '고종달이'가 이곳으로 들어왔다고 하여 마을 이름도 '종달리'라 하였다. 고종달이가 고려 예종의 밀지와 지리서를 들고 제주에 들어와 '생수'의 수맥을 끊었다는 것은 탐라를 고려에 복속시키려는 제국주의 침략을 상징적으로 표현한 것이다.

그리고 고종달이가 지리서에 쓰인 '쉐질매 아래 행기물'을 찾지 못해 '허맹이 문서'가 돼 버렸다는 이야기에는 제주 사람들의 슬기가 담겨 있다. 농부가 길마 아래 있는 사기그릇의 물속에 물귀신을 숨겨놓았기 때문에 제주의 '생수(生水)'가 마르지 않고 오늘날에도 '삼다수'로 각광을 받고 있다. 순간의 지혜는 제주를 건재하게 한다.

해방 이전 일제강점기의 예술가는 친일파 아닌 사람이 없다 한다. 이육사나 한용운 등을 제외하면 모두 친일파라 한다. 때문에 종달리에 세우려는 거창한 노래비의 작곡가가 했던 친일 행적은 문제 삼을 것이 못 된다고.

어느 시대나 지식인들의 얄팍한 위선과 정당성은 변명을 만들어내며 노비문서에 도장을 찍어 왔다. 해방 후 미국에서 공부하여 미국과 친한 사람, 미국이라면 괜히 감동하는 친미파 정치가, 재벌, 그리고 버터 바른 영어를 모국어보다 더 소중히 여기는 사람들이 "기찻길 옆 오막살이 아기 아기 잘도 잔다" 하며 아메리카 포크송에 뽕 가듯이 말이다.

친일 행적 작곡가의 노래비를, 그것도 '엄마가 섬그늘에' 따러 갈 굴도 없는 종달리에 세운다는데도 "아름다운 노래비를 세운다는데 뭐 어때서? 괜찮지요." 하니 기가 막힐 노릇이다.

비를 세운다는 것은 마음에 새겨 잊지 않으려는 후세 사람들의 진정한 마음의 표현이다. 우리가 왜, 무엇 때문에 그분을 잊지 못하는지, 그리워하는지 하는 역사적 당위성과 도덕적 명분이 있어야 한다. 그러지 못한 비석은 뒷날 분노한 군중에 의해 부서지고 무너질 수밖에 없다.

서귀포시 토평리에 세우는 나비 박사 석주명 선생의 추모비는 종달리에 세우는 위선으로 치장한 '섬그늘에서 굴을 따는' 노래비와는 다르다. 석주명 선생은 토평리 김광협 시인 생가에 살면서 나비를 채집하며 제주학 연구를 시작했다. 제주도와 나비를 너무 사랑했기 때문에, 제주도에서는 그를 '나비 박사'라 불렀고, 지금 우리는 그를 제주학 연구의 선구자라 칭송한다.

그는 제주도 남쪽 마라도(馬羅島)에까지 나비채집 여행을 하였고, 그의 박물학 교실에는 나비표본 60만 마리가 있어 세계의 나비 학자들이 그의 채집 표본을 보려고 찾아왔다. 그는 1950년 9·28 직전 포격이 있던 날, 충무로 4가 개천가에서 "나는 나비밖에 모르는 사람이야!"라는 마지막 유언을 남기며, 총에 맞아 비운의 생을 마감하였다.

그가 다녀간 서귀포시 토평리에 고인의 제주 사랑을 잊

지 않기 위하여 비를 세우는 일은 종달리 바닷가에서 '엄마가 섬그늘에 굴 따러' 가는 이유를 모르는 제주 사람들에게 비석을 왜 세우는지 잘 말해준다. 그리고 조선시대 탐관오리들이 도민의 혈세를 받아 억지로 세운 공덕비가 얼마나 망령된 짓인지를 일깨워 준다.

| 2002. 12. 20. |

심토맥이
어신 사람

제주 남자는 무뚝뚝하다는 말을 듣는다. 거친 바다와 바람 탓인지, 부드럽고 섬세한 사람이 드물다. 그래서 제주 남자들은 여인들로부터 '심토맥이 어신 사람'으로 찍히게 된다. 마음 씀씀이가 헤프지 않아 선이 굵직하고 믿음직하다는 의미보다는 '무정한 사람', '재미없는 사람'이란 뜻이고, 살면서 겪었던 온갖 원망까지 섞여 있는 표현이다.

'심토맥이 어신 사람'은 말뜻대로라면, '마음의 도막이 없는 사람'이다. 이런 마음, 저런 마음, 섬세하고 자상한 마음의 배려가 없는 제주 남자들은 여인들로부터 무정하고 재미없는 사람으로 낙인찍히는 것이다. 천상의 우주를 생각하는 군자가 하찮은 사람들의 사소한 일들, 아이와 부인에게 그리고 이웃에게 마음 쓸 여유가 없다고, 사내의 굵직한 포부를 설파한다 해도 변명의 여지가 없다. 제주 남자들은 다정다감하여 '존셈 좋은 사름(이것저것 헤아려 사려와 분별이 있고 자상하고 섬세한 사람)'과는 거리가 멀다.

그런데 이 심토맥이 없는 제주 남자들은 이것저것 계산하지 않기 때문에 서울로 유학 가서 각종 시위에 무턱대고 앞장서 주동하다가 어느 지역 유학생보다 감방 가는 경우가 많았다. 육지 친구들처럼 일은 저질러놓고 '치고 빠지는' 잔꾀가 없다. 서울의 약삭빠른 친구들 사이에 잔정, 잔꾀가 없는 단순 솔직한, 이 답답하고 한심한 제주 남자들은 그래서 여인들로부터 원망의 대상이 되는 것이다.

"심토맥이 어신 사람, 내물심 어시(사리판단 없이), 일은 저질러놓고 책임도 못 지멍, 원 저추룩도 답답허카?" 이런 원망 섞인 여인의 말투를 어머니가 아버지에게 던지는 대화 속에서 발견하며 우리는 자랐다. 그리고 자신 또한 '심토맥이 없는' 사람이 되어가고 있다는 사실을 재발견하고 깜짝 놀란다.

제주의 민요 '시집살이 노래'에서 심토맥이 없는 서방은 '물꾸럭' 즉 '문게(문어)' 같은 서방으로 비유되며, 여기에 콕콕 쏘는 '코셍이(용치놀래기)' 같은 시누이가 있어야 고달픈 시집살이가 연출된다. 제주 여자들은 몇 가지 유형의 남자를 경험하며 인생을 살게 된다. 어머니로부터 배운 두 가지 타입의 남자, 농경신화 세경본풀이에 나오는 '문국성 문도령'과 '정이어신 정수냄이'가 그들이다.

어느 날 사랑하는 남편에게서 '문국성 문도령'과 같은 면을 본다. '남녀 구별법 모르는 놈', 즉 성적으로 미숙아 같은 답답한 남자다. 샘물가에서 버들잎에 편지를 띄워 보내고, 발가벗고 목욕하며 온갖 유혹을 보내도 '답답한 남자'는 득도를 못한다.

그런데 이 미숙한 남자에게 성교육을 하다 보면, 언제부턴가는 '커싱커싱' 호흡이 거칠어지며 오로지 성적으로만 돌격하는 '정이어신 정수냄이'로 변해버린다. 세경본풀이에서 수장남(머슴) '정수냄이'는 미모의 아가씨 자청비의 아름다운 육체를 탐하는 동물적 욕정의 화신이다.

이성으로 욕정을 조절하지 못하는 남자, 남편은 그렇게 변해버린다. 그러다 은근한 정을 멀리하고 바람이 나는 것이다. 무정한 담돌처럼 변치 않는 정녀(貞女) 제주 여인은 안개 같은 첩을 얻고 달아난 남자를 원망하며, 무심한 남편에게 '심토맥이 어신 사름'이란 결론을 내리게 된다.

정떨어지게 하는 '정이어신 정수남이'가 되지 말고 다정다감하며 잔정을 주는 그런 섬세한 배려가 있는 남자가 되어주었으면 얼마나 좋을까. '두령청하게(분간 없이)' 전혀 뜻밖의 일이나 저지르고, 약지 못하여 남의 죄를 뒤집어쓰고 감방 가는 어리석은 사람, 게다가 온갖 문제를 불러일으켜 놓고 뒷수습을 하다 보면, 무심하게 저만치 거리를 두고 서 있는 남자. 가깝고도 먼 당신, 제주 남자는 제주 여인들의 원망의 대상일 뿐이다.

4·3의 한도 그와 같다. 얼마나 많은 제주 남자들이 그처럼 어리석고 슬프게 세상을 떠났을까. 한심하고 무정한 사람이라 주의를 주면, "알아서게" 하면서도 아무것도 모르고 세상을 떠난 무정한 사람. 무자·기축년의 제주 남자들도 그랬다.

"형님형님 사촌형님 시집살이 어떱디가/ 말도 말고 이르도 말라/ 물꾸럭 같은 그 서방에/ 암탉 같은 시어멍에/ 코생이 같은 시누이에/ 정말 못살키어라(못살겠더라)"

| 2003. 03. |

4·3의 한도 그와 같다

얼마나 많은 제주 남자들이 그처럼

어리석고 슬프게 세상을 떠났을까

한심하고 무정한 사람이라 주의를 주면

알아서게 하면서도 아무것도 모르고

세상을 떠난 무정한 사람

무자·기축년의 제주 남자들도 그랬다

「심토맥이
어신 사람」 중에서

불을 피우고
연기를 내는
진짜 축제

아름답고 살맛나는 축제, 모든 사람이 신과 더불어 즐거워 죽
는 기막힌 축제, 인간이 온 정성으로 신을 즐겁게 하니 신은 인
간의 모든 액운을 막아주고 인간의 소원을 들어주는, 신과 인
간이 모두 즐거운 '신인동락(神人同樂)'의 축제를 그려본다.

　　입춘이 됐으니 지상에는 새로 부임하는 신들로 꽤나 복잡
하게 축제가 이어지고 있다. 이번 입춘 전전일은 눈이 와 매우
추웠다. 그러다가 입춘 전야부터 눈이 그쳤고 입춘 드는 4일은
정말 따뜻해 새봄의 전령이 두꺼운 방한복을 벗어버린 것 같았
다. 흑룡을 타고 온 따뜻한 입춘이었다.

　　축제에 둔해진 일상을 탓해야 할지, 날씨 탓으로 핑계를
옮기다가 축제는 바람과 만나야 하며, 불과 연기가 테마가 되

는 축제가 진짜 우리가 꿈꾸는 축제란 생각이 들었다. 어쩌다 날씨가 좋아 사람들이 많이 모이면 '멜 들었다'고 기뻐하는 축제, 그게 과연 신명 나는 축제일까. 바람을 만나고 추위를 만나도 함께 고민하고 그리워하는 축제를 그리며, 다시 신명 나는 축제를 꿈꿔 본다.

우선 입춘굿은 사람들을 위한 시장에서 열리는 신시, 생활의 공간에서 신을 맞이하는 축제가 되어야 한다. 칠성골에서, 동문·서문시장에서, 지하상가의 상점에서 사람들이 모이듯 우리 삼촌들이 재미있게 구경할 수 있는 축제, 먹거리와 볼거리가 가득한 축제가 되어야 한다. 탐라국 시절부터 이어온 우리의 입춘굿을 그려본다.

입춘굿은 신시 축제, 길을 트는 소통의 축제여야 한다. 길이 없거나 불편하면 망하는 축제다. 길은 신과의 소통의 통로이면서 인간들의 만남과 교환, 거래를 이루는 길, 시장이어야 한다. 내가 신과 만나 신에게 정성을 뿌리고, 그 쌀알로 신의 뜻을 헤아리고, 한 해의 운을 점치는 희망의 축제여야 한다. 웃드르 사람들이 지들커(땔감) 한 단 팔아 간고등어 몇 마리 사던 신시의 축제, 인간들의 교환경제가 축제를 통해 살아나야 한다.

그리고 축제는 '하늘올레'에서 신을 인간의 마을, 축제의 현장으로 모셔오는 청신의례를 거친다. 신을 모셔오려면 깃발이 바람에 흔들려야 하며, 불과 연기가 피어나야 한다. "밤에는 불싼 가위, 낮에는 내난 가위"라 하여 신과 인간 사이의 소통에는 연기와 불이 필요하다. 낮에는 연대에 피우는 연기로 신을 안내하고, 밤에는 오름의 봉수대에 횃불을 올려 신을 부른다.

그러므로 불과 연기를 바르게 피워야 아름다운 축제를 만들 수 있다. 오름에서 피어오르는 불은 새 풀을 재생하기 위해 활활 억새를 태우는 화입(火入), 재생의 불이어야 한다. 연기(煙氣)의 향기를 피워 신을 일깨우고, 횃불을 들고 향을 피워 신을 부르고, 기를 들어 하늘올레에 내리신 신을 안내하는 신명 나는 축제를 열어야 한다.

신을 잃어버린 현대인들이 다시 신들을 불러 신시를 여는 나눔의 축제, 아름다운 생산의 축제를 꿈꾼다.

우리 바당 끝의
작은 섬

썰물 때만 신기루처럼 하얗게 나타나는 세상 끝, 현실 세계의 끝에서 우리가 만나는 난여(嶼), 바다에 드러난 섬이며, 물질하는 해녀들이 해신당처럼 들르는 요왕(龍宮; 바다밭) 가는 길 입구에 있는 용궁올레 같은 곳.

　그곳은 이 세상을 잃어버린 사람들이 죽어서 찾아가는 저승, 해녀들이 죽어서 찾아간다는 또 다른 세상, 해양타계(海洋他界; 저승)이며, 제주 사람들, 특히 해녀나 어부, 선원들이 말하는 이여도. 물질 갔다 돌아오지 않는 우리 어멍이 잘 먹고 잘 산다는 '이여도'.

　그러나 사람들은 이여도에 가면 돌아오지 않는다. 그러므로 전설이 생겨났다. 바다에서 풍랑을 만났다 구사일생으로 살아온 어부, 깊은 바다밭에 물질 갔다 간신히 살아 돌아온 해녀들이 들려주는 환생담들이 여러 전설을 만들었다. "어떵 헨 살아와집디가?" "영 정 혜연, 이여도에 갔단 왔저." 하며 이여도 전설은 완성됐다.

이런 이야기를 종합해 보면, 이여도는 현실 세계의 끝에 있는 하얀 산호섬, 썰물에는 보이다가 밀물엔 바다에 잠겨버리는 섬, 바다에서 죽어서 가는 제주 사람들의 꿈의 섬이요 상상의 섬이다. 이곳은 큰굿에서 영혼과 이별하는 저승과 이승의 중간지점 '미여지벵뒤' 같은 이승의 끝이며 저승의 입구다. 그러므로 이여도는 제주 사람들의 정서 속에서 보편적으로 등장하는 이상향이나 저승의 피안이다.

이여도란 이름은, 처음에는 1910년 영국 해군에 의해 스코트라 록(Scotra Rock)으로 명명됐고, 60년대 이승만 라인을 주장한 뒤 1984년 제주도 KBS팀이 공동 탐사에 성공할 때까지는 일본 사람들이 명명했던 파랑도(波浪島)로 불러오다가, 2001년 국립지리원이 '이어도'로 정정해 이름을 붙였다. 이청준의 소설이나 고은 시인의 작품 속에 등장하는 '이어도'의 영향인지, 제주 사람들이 익숙하게 부르는 '이여도'보다 해양영토를 지칭하는 지명으로서의 '이어도'가 최근에는 많이 쓰이고 있다.

이여도는 제주 여인들이 삶의 고통을 느낄 때마다, 사랑하는 사람이 그리울 때마다, 떠올리고 불러보는 희망의 땅이었다. 그러나 그곳은 죽음에 맞닥뜨렸을 때 꿈처럼 펼쳐지는 저승의 피안이었으므로 제주 해녀들은 "이여하면 나 눈물 난다", "이엿말은 마라서 가라"고 노래했다.

　　제주 사람은 이여도 하면 왜 눈물이 날까? '이여도'는 고통스럽고 슬픈 삶, 말하기도 싫은 현실, 삶의 터전, 해녀들의 바다밭, 여(嶼)를 이야기하는 것 같다. '여'(조수간만에 따라 드러나는 작은 섬)는 현실과 이상을 넘나드는 곳이다. 이여도는 현실에서는 감추어진 여, 밀물 때는 가라앉는 든여, 물속에 들어가 잠겨버린 섬이며, 꿈속에서는 하얀 산호섬으로 다가오는 여, 썰물 때는 나타나는 난여, 드러난 섬이기 때문이다. 이와 같이 현실과 이상을 넘나드는 해녀들의 물질과 여를 이여도와 같이 엮어내는 생각도 있다.

　　한편 가난과 고통의 땅을 현실의 제주도라 한다면, 이를 행복과 평화의 땅으로 개간한 미래의 제주, 이상향으로서 이여도를 말하기도 한다. 이여도는 제주 사람들의 꿈의 낙원이며, 저승의 피안이며, 현실의 해상영토 이어도이며, 꿈과 현실이 같이 숨쉬고 있는 곳이다.

호모
딴따라스

'호모 딴따라스'는 우리 식으로 이야기하면, '인간'이란 의미의 '호모'와 광대를 뜻하는 속어 '딴따라'의 합성어로 '광대같이 연행(演行)하는 인간'이란 뜻이다. 요한 하위징아의 '호모 루덴스 Homo Ludens'(놀이하는 인간)와 비슷하면서도 다른 우리 식 명명법에 의해 만들어진 오묘한 교합의 민족미학 문화어이다. 그런 의미에서 '호모 딴따라스'는 잘 노는 사람이란 뜻의 우리말이다. 진짜 잘 논다는 것은 진정한 의미의 인간선언이다.

　제주 마당굿(마당극)의 시작은 1980년 8월이었고, 그때 최초의 공연 작품은 '땅풀이'였으며, 이 공연을 위해 처음 제주 땅을 밟은 딴따라는 당시 청주사대 무용과 교수로 모든 딴따라(광대)들의 우상이었던 '호모 딴따라스'의 창시자 채희완 교주

였다. 마당굿을 빙자하여 술판을 벌이러 온 천하의 교주 채희
완은 만삭이 된 형수와 함께 당당하게 입도하여, '벗으라면 벗
겠어요'란 노래를 불렀다. 그리고 거침없이 많이 벗었다.

　위선을 벗고 제대로 된 마당굿 운동을 하자며 지역문화
운동을 시작한 지 33년이 지났다. 그리고 그때 그 마당극이 민
족극 한마당이란 이름으로 전국을 돌며 굿판을 벌이다가 올해
26회 마당극제를 제주에서 열게 되었던 것이다. 제주 마당굿
의 역사와 함께 희미한 옛 추억으로 떠오르는 것들을 생각하
고 싶었다.

　교주와의 첫 만남은 광주항쟁이 일어났던 1980년 8월이
었다. 그때의 친구들, 김상철, 고임순, 김창후, 김후배, 김수열,
부정희, 부숙희, 김도훈, 정공철 등과 나는 극단 '수눌음'을 창
립했다. 이제 50~60대의 중늙은이가 되어버린 아이들이 2013
년의 별들을 바라본다.

　그들의 각광을 다 지우고 어둠 속에서 새로 반짝이는 샛
별 광대들, 하늘의 별들만 보겠다 약속하며 교주와 나, 김상철,
윤만식, 박인배 들과 같이 평상에 드러누워 별을 세어 본다. 그
때의 대학 3학년짜리 새끼광대 정공철은 이승의 끝에 있다는
황량한 들판 '미여지벵뒤'로 떠나갔다. 그때의 아이들, 김수열,
윤미란, 홍죽희도 4말 5초의 중년이 되었고, 그들의 전국 딴따
라 동기들이 주류를 형성하고 있다.

　전국에서 온 너무 많은 별들이 보인다. 2013년 제주의 하

늘 별밭은 너무나도 찬란하다. 오늘 여기에 '호모 딴따라스'의 창시자 교주 채희완이 같이 있으니, 전국에서 온 딴따라들이여, 제주 별 하늘은 얼마나 아름다운가. 아름다운 농신 자청비 할망처럼 하늘에서 제주에 내려와 여름밤 하늘에 수많은 별들을 뿌리고 가는 별 같은 광대 손님들을 환영하자.

　　마당판의 교주와 별, 교주와 광대들, 그리고 제주의 입춘굿, 마을굿, 영등굿, 큰굿과 마당굿, 그리고 마당판의 별들을 생각하는 시간은 별 같아서 좋다. 하늘의 별을 세듯 제주와 관련을 맺은 교주와 굿을 생각해보니 우린 크게 보면 굿패였고 작게 보면 마당굿패였으니, 거기에는 민족광대론 '호모 딴따라스'의 핵심이 녹아 있었다. "이젠 좀 센 의미도 담아서 '호모 딴따라쿠스'라면 어떨까요?" 하고 제의해 오는 딴따라(예술을 사랑하는) 수녀님을 만난 것도 큰 수확이며 기쁨이었다.

귀신을 부르는
마지막 소리꾼

그는 처절한 외로움이 있어야 소리가 익는 거라 했다. 그가 부르는 영장소리는 슬픔이 익었을 때 만들어지는 소리 같았다. 아무데서나 흥겹게 부를 수 없는 소리, 귀신을 부르기에 집에서는 부를 수 없는 소리, 때문에 선배에게 배우기도 어렵고, 후학을 가르쳐내기도 어려운 소리.

　　이와 같이 죽은 망자를 저승으로 보내는 장례의식요를 제주에서는 '영장소리'라 한다. '영장밧디(장지)'서만 들을 수 있는 소리, 산 사람을 구슬프게 울리는 노래, 죽어버린 망자와 이야기를 나누듯, 칠성판을 지고 가는 죽은 자를 저승으로 인도하는 소리꾼의 소리다. 영혼의 울림을 굿에서는 '영게울림'이라 하는데, 성읍리 영장소리에서는 귀신을 부르고 영혼을 울리는 이 소리를 '영귀소리'라 한다.

그 소리는 악보가 없다. 영적인 호흡과 긴 울림으로 이어 나가는 영혼(靈魂)의 울음소리다. 홋소리는 선소리를 따라 부를 뿐이다. 따라 부르기 어렵다. 이렇게 귀신을 부르는 이 소리가 50년 동안 성읍리의 소리꾼 송순원 옹이 불렀다는 소리, 사라져 갈 위기에 있는 성읍리 '영장소리'다.

나는 이번에 정리되어 발표된 송순원 옹의 영장소리가 사라져버리지 않도록 지방문화재로 지정되길 바란다. 해마다 발표할 수 있는 전승 여건을 만들어주고 재정적으로 지원하여 앞으로 후배들을 가르칠 수 있는 토대를 마련해서 어르신의 성읍리 영장소리가 전승되었으면 한다.

2014년 갑오년 가을 하늘에 뿌려진, 귀신을 부르는 송순원 옹의 민요, 성읍리 영장소리는 성읍리에서 살아온 어르신의 83년 인생과 민요소리꾼으로서의 50여 년을 녹여 완성한 또 하나의 소리 예술이다. 그는 7살 무렵부터 그 당시 성읍의 소리꾼 아버지가 부르는 노래를 귀동냥으로 들으며 자랐다. 청년 시절엔 마을에 영장이 날 때마다 선소리를 하는 아버지를 따라 부르며 배웠다 했다. 그리고 17살이 되었을 땐 자기 소리를 낼 수 있었다고. 그것이 영장노래 소리꾼의 데뷔였다.

아버지가 돌아가신 후 대를 이어 부르던 영장소리. "벌써 50년도 더 넘게 영장밧디서 행상소릴 불러져싱게(불러졌네)." 하며 촌로는 씁쓸하게 웃었다. 이제 길게 동네를 돌며 상여를

운구하던 장례의식을 볼 수 없게 된 지도 30년이 되었다. 송순원 옹은 말을 이었다.

"옛날에 영장 나면, 동네 가름 안에서부터 〈영귀소리〉하고 〈염불소리〉 불르멍(부르며) 가름 밖을 나사서(나섰어). 〈행상소리〉 질게(길게) 불르멍 먼 질 걸엉(걸어) 오름을 올르민(오르면) 그 높은 오름들, 정시가 나경판 보안(보고) 이디만큼(여기만큼) 좋은 땅 엇덴(없다고) 찍어준 '장자오름', '자부미오름', '영주산' 같은 오름 우이(위에) 산을 써부난(썼기에) 푸지게 등짐으로 산담 쌓을 돌 지엉(지고) 올라가민(올라가면), 장지에선 〈달구소리〉영, 〈진토굿소리〉 부르멍(부르면서) 땅도 파고, 잔디 테역도 올려가민(올려가면), 여펜들은(여인들은) 신나게 타령노래 부르멍 소리판도 벌어졌주(벌어졌지). 성읍리 아지망(아주머니)들은 누구 어시(없이) 정말 잘 놀아서(놀았어)."

송순원 옹이 부르는 〈성읍리 영장소리〉는 〈영귀소리〉, 〈염불소리〉, 〈행상소리〉, 〈달구소리〉, 〈진토굿소리〉 들을 현장에서 불리는 순서대로 구성한 작품이다. 50여 년 동안 마을에서 치러지는 죽음의 의식에 참가하여 꽃가마[花壇] 메고 땅을 파며 살았던 영장소리 소리꾼의 삶이 완성한 예술로서 이 〈성읍리 영장소리〉가 진정한 민속예술의 원형으로 오래오래 남을 수 있었으면 한다.

| 2014. 10. 13. 한라일보 |

그가 부르는 영장소리는

슬픔이 익었을 때 만들어지는 소리 같았다

아무데서나 흥겹게 부를 수 없는 소리

귀신을 부르기에 집에서는 부를 수 없는 소리

때문에 선배에게 배우기도 어렵고

후학을 가르쳐내기도 어려운 소리

「귀신을 부르는
마지막 소리꾼」 중에서

불칸 땅의
들불 축제

제주에선 정월에 어떤 일들이 일어나는가. 어제 정월 14일에는 와흘리 하로산당 신과세제에 갔다 왔고, 그저께 정월 13일에는 제주 신당의 메카, 신당의 불휘공이라는 송당 본향 금백주할망당 신과세제에 다녀왔다.

신과세제는 무엇인가. 새해 들어 신에게 세배하고 한 해의 운세를 점치는 '신년+과세+제'이다. 가서 보니 날이 갈수록 당신앙이 쇠퇴해 가는 느낌이었고 관리도 소홀해져 가는 느낌이어서 걱정이 되었다.

그럼 1월의 세시풍속에는 또 어떤 것이 있는가. 마을마다 이사제다 포제다 하면서 유교식 마을제가 밤 자시에 시작되고, 심방이 본향당에서 마을의 안녕을 빌어주는 당굿 신과

세제가 행해진다. 옛날의 마을제는 천제(天祭) 또는 하늘굿이
었으며, 국제(國祭) 또는 나라굿으로 마을 사람 남녀 공동의 제
천의례였다. 하지만 조선조에 오면서 마을제로 축소되어 남자
는 유교식 이사제로, 여성은 무속적인 당굿으로 따로 지내게
되어 오늘에 이른다.

　　그러나 지금도 하늘굿의 흔적을 찾을 수 있다. 예를 들면
온평리에서는 제관들이 마을의 본향당 배례를 시작으로 마을
제를 시작하고, 희생으로 하늘에 소를 바치는 희생제를 행한
다. 와흘리 당굿에서는 본향당제를 남녀 공동의 마을굿으로 치
르므로 남성 제관이 제를 집행한다. 이는 고대 남녀 공동의 마
을굿 흔적을 보여주는 것이다.

　　그렇다면 제주의 정월은 육지와 어떻게 다른가. 떠오르
는 말은 '불칸 땅'이었다. 제주는 '불칸 땅'이다. 제주가 육지
와 다른 것은 부글부글 끓는 용암이 흘러 만들어진 화산도라
는 것이다. 불이 만든 섬, 불로 하는 축제를 이야기해야 할 것
같았다.

　　비가 오는데 새별 오름의 들불은 잘 타오르고 있을까. 제
주인의 축제, 불의 축제는 화산 폭발의 에너지를 재현하고 아
름다운 불을 창조하는 것이다. 설문대할망이 만든 불 화덕, 할
망이 백록담에 솥을 걸고 쑤는 팥죽, 할망이 싸는 황금빛 똥으
로 만든 삼백육십 오름, 불의 아름다운 배설물들은 '불칸 땅' 화
산섬을 우리에게 남겼다.

　　불칸 땅은 재생의 땅이며, 생산의 땅이다. 제주에 정월이
되면 묵은해의 수확물을 거두어들인 땅을 케와(태워서) 다시 새
로운 풀을 돋아나게 한다. 그러므로 들불 축제는 생산의 땅 '불
칸 땅'으로 돌아가는 불놓기[火入]의 의식으로 완성되어야 한
다. 이를 '케왓의 화입'이라 하며, 그것이 아름다운 제주 화산
도의 축제다.

　　제주의 산야, 초지를 태우는 의식은 아름다운 불의 완성
이다. 그것은 억지로 석유를 부어 풀을 태우는 공해 축제가 아
니라 아름다운 자연 '불칸 땅'으로 돌아가 병든 땅에 새순이 돋
게 하는 창조적인 축제이다. 제주 들불 축제가 소생하는 정월
의 아름다운 축제로 완성되기를 기대한다.

제주의 별 축제를
꿈꾸는 사람들

최근 오키나와를 여행했다. 이전에도 오키나와에 갈 기회가 두세 번 있었으나 그때마다 불행하게도 이런저런 일들이 생겨 지금까지 한 번도 가보지 못했었다. 그러다 이번에 제주 PEN클럽과 오키나와 시인협회가 함께하는 문학교류행사가 있어 19명의 일행과 함께 3일 동안 고대의 류큐(琉球)왕국 오키나와에 가게 되었다.

오키나와는 듣던 대로 제주와 비슷한 점이 많았다. 신당의 성지 송당 본향당처럼 류큐왕국의 성지 세이화유타카가 세계문화유산으로 등재돼 있었고, 우리의 성읍민속촌이나 표선민속촌처럼 오키나와 각지에서 옮겨와 보존하고 있는 민가와 풍물을 보여주는 류큐무라[琉球村]가 있었다. 또한 변소에 돼지를 기르는 풍속, 말이 끄는 연자방아 등도 제주와 닮아 있었다. 오키나와 사람들은 제주 사람들처럼 돼지고기를 좋아하고 제주처럼 신화가 많아 일본의 제주라 생각하게 하는 것이 많았다. 섬에 존재했던 류큐왕국 수리성의 역사를 헤아리며 고대 탐라국은 류큐와 어떻게 달랐을까를 생각했다.

그리고 1945년 3월 말, 격렬한 전쟁의 불꽃이 오키나와를 뒤덮었다. 90일간 계속된 철의 폭풍은 섬의 모습을 뒤집었고 문화유산도 닥치는 대로 파괴했으며, 20여만 명의 목숨을 빼앗아갔다. 오키나와전의 특징은 무엇보다도 주민 전사자가 군인을 훨씬 상회하여 그 수가 십수만에 이르렀다는 것이다. 제주의 4·3보다 더 큰 전쟁의 비극을 간직한 오키나와의 평화기념관 희생자 묘역을 돌아보며, 징용으로 끌려가 죽은 한국인의 이름들을 찾아보았다. 제주가 겪었던 4·3의 트라우마를 생각하며 아무래도 한국의 제주도와 일본의 오키나와는 뭔가 서로 비슷한 역사를 지니고 있구나 생각했다.

오키나와에서 일행 중에 산남의 괴짜 윤봉택을 만났다. 서귀포의 별 '노인성'에 미친 친구였다. 그는 머무는 동안 하루도 거르지 않고 '노인성'을 따러 다녔다. 영주 12경에 보면 노인성은 서진노성(西鎭老星)이라 적혀 있다. 서귀포 진성(鎭城)에 올라가 남성을 바라보면 남극의 노인성을 볼 수 있다 하였다. 그래서 윤 시인은 별이 보이는 날에는 시간별로 노인성을 관찰한다. 오늘도 남극성, '목숨 수' 자를 써 오래 산다는 수성

(壽星), 오래 장수한다는 별자리 노인성을 끊임없이 기록한다. 그런 천문학도 윤봉택을 만난 것은 이번 여행에서 얻은 신선한 기쁨이었다.

최근 우리 민족의 시원이라는 바이칼 알혼섬에서 천해 위에 떠있는 별들의 잔치를 보았다. 나는 오래전부터 우리의 굿 초감제나 천지왕본풀이에 나타나는 별, 생명의 별 북두칠성 별자리와 샤먼의 고향 바이칼에서부터 흘러온 북방문화의 흔적을 그려 나가고 있었다. 하늘 칠성[北斗七星], 용칠성[龍七星], 뱀칠성[蛇神七星] 천구아무대맹이 나주금성산신이 제주에 들어온 이야기와 함덕포로 들어온 사신(蛇神) 부군칠성, 안칠성과 밧칠성을 아우르는 칠성굿 축제를 제주읍성의 축제로 구상하고 있었다.

서귀포의 도인 윤봉택 시인이 꿈꾸는 축제, 수복(壽福)의 신, 남극 노인성을 따다가 벌이게 될 서귀포 야간관광축제는 좋은 축제가 될 것을 믿는다. 그리고 별 축제를 완성하게 하는 축제의 뿌리는 신화이며, 제주신화 천지왕본풀이가 굿본으로 우리에게 가르쳐 온 별 이야기임을 믿는다.

두르외가
되고 싶은
사람들

미친 사람은 어느 한 시대의 사회적 질병을 앓고 있는 사람이다. 그 사회에 적응하지 못하고 낙오된 이지러진 군상들, 한을 풀지 못해 병을 품고 사는 자이다.

어렸을 때 특이한 인상으로 각인된 미친 사람들이 있었다. 그들의 행적을 그 시대의 풍속과 함께 살펴본다.

물지게꾼 '차라리'는 50년대 무성영화를 해설해주는 변사였다. 토키 필름이 나오면서 실직한 그는 물지게를 지고 집집마다 물을 길어 주며 밥을 먹었다. 일이 없을 때는 술을 먹고 거리에서 신파조로 변사 역을 했다. 영화관을 주름잡던 옛날이 그리웠을까. 말끝마다 "차라리~라면"을 붙이며 마치 잘못된 역사를 빈정대는 것 같은 말투 때문에 별명이 '차라리'가 되었다. 행인들은 가던 길을 멈춰 서서 그의 구성진 목소리를 들었다. 그는 어느 겨울날 남의 집 문간에서 얼어 죽었다. 그 후 산지 공덕동산을 오가던 물지게의 풍물은 없어졌고 상수도가 보급되었다.

'로터리 울보'는 60년대 짐꾼이었다. 일정한 목적지까지 지게로 짐을 운반해주고 운임을 받아 술을 마셨다. 성밖 사람들이 성안에서 시장을 보고 돌아갈 때나 부두에 연락선이 도착했을 때 짐을 운반해 주었다. 일이 없을 때는 술을 마셨고, 술을 마시면 지게에 절을 하며 엉엉 울었기 때문에 '로터리 울보'라 하였다. 마차가 생기자 그는 직업을 잃었고, 미친 여자 몇을 거느리고 살았다. 그 후 울보는 동네 잔칫집 구석 자리에서나 볼 수 있었다.

서명섭은 70년대의 광인이었다. 왜 미쳤는지 모르지만 제법 유식했다. 20대 초반 문학청년 시절, 나는 늘 거리에서 그를 만났다. 가끔은 형이라 부르며 친구가 되었다. 그는 미친 것 같지 않았다. 말에는 논리가 정연했다. '서명섭이 각시'라는 별명이 붙은 미친 여자들이 그를 따랐다. 그 당시 미친 여자들은 대부분 실연 때문에 미쳤다. 동부두에 경비사령부가 있었고, 군인들이 주둔했다. 사랑이라는 사탕발림에 순진한 제주 비바리들은 혼이 나갔고, 복무를 마치고 떠나버린 군인들 때문에 실연의 상처를 받았다. 미혼모도 많았다. 황영호, 가야호, 이리호, 평택호, 도라지호 등 연락선이 떠날 때, 어느 미친 여자는 늘 수평선만 바라보고 있었다. 5·16 이후 살벌한 시대에 서명섭은 누구에게도 고문당하지 않았고, 많은 미친 여인들을 거느리고 거리에서 살았다.

범이 형은 3년 선배였다. 고등학교 때는 꽤 공부도 잘했는데 왠지 대학 진학을 포기했고, 술집에서 공술에 취하는 폭음형 술꾼으로 변해갔다. 그 후 몇 해 동안 그를 볼 수 없었다. 89년에 내가 잠깐 시골에 유배되어 5년을 살다 93년에 다시 시내에 나와 교직에 몸담게 되었을 때, 아라동 길가에서 우연히 형을 만날 수 있었다. 헝클어진 머리, 여름에도 길고 두꺼운 겨울 코트를 입고 한곳에서 정말 갈 곳 없는 사람처럼 서성거리고 있었다. 나를 알아보지 못하는지, 일부러 모른 척했는지는 모르지만 미친 것만은 분명했다. 들리는 소문에 의하면, 어디 잡혀가서 죽도록 맞고 미쳤다고 했다. 그는 4·3 당시 유격대 사령관을 지낸 김××의 유일한 혈육이라 했다. 그의 희망 없는 삶과 희생은 제주에서 낯선 일이 아니었다.

우리들의 전쟁은 아니지만 이제 전쟁이 시작되었다. 전쟁은 인간의 광기가 창조한 필요악이라 한다. 21세기에 세계는 전쟁을 치르고, 제주도는 국제자유도시를 만든다고 한다. 제행무상(諸行無常)이다. 고통을 받는 대부분의 사람들은 강물처럼 흐르겠지만, 시대에 민감한 지식인들은 세상을 저울질하며 약삭빠르게 위기를 헤엄쳐 나갈 것이다. 그리고 고지식하거나 순진한 어떤 이들은 상처를 받고 미쳐서 '새로운 21세기형 광인'이 될 것이다.

　대체 우리는 어떤 미친놈이 될 수 있을까. 제주말로 미친 사람을 '두르외'라 하고, 미친 척하며 실속을 차리는 사람을 '쏠두르외'라 한다. 제주의 두르외는 두 부류가 있었다. 남을 괴롭히는 가학성 두르외와 괴로움을 당하는 피학성 두르외다. 이 글의 앞에 얘기한 사람들은 사회의 변동과정에 희생당한 피학성(학대받은) 두르외다. 쏠두르외도 두 부류가 있다. 미친 척하여 위기를 모면하는 지혜로운 사람과, 미친 척하여 자신의 이익을 챙기는 사람이다. 21세기의 우리는 미래를 생각하는 쏠두르외가 되어야 한다.

골빈당
선언

70년대 제주읍성 남문이 있던 큰길 따라 이루어진 마을, '나문한짓골'. 예전 큰길은 지금 보면 말 타고 달릴 만한 골목길인데 그 남문 한길 중간쯤에 있던 중앙성당이 지금도 그 자리에 있다. 그 앞에 있었던 소라다방은 우리들의 낭만과 감성을 키워주던 소굴이었고 문화의 성지였다.

골빈당은 '골을 비운' 젊은 반항아들의 모임이었다. 나의 부친은 생전에 내게 "이녁 인생은 추초봉상(秋草逢霜), 가을 풀이 서리를 만난 격이여." 하곤 했다. 가을풀이어도 시려운디(시린데) 서리까지 내렸으니 이녁 인생은 얼마나 춥겠냐며, 나무라는 듯 연민의 시선을 보내며 쓸쓸하게 웃으셨다.

골빈당 당수이며 낭만파의 거두라던 나의 코트 자락에 켜

켜이 묻은 나와 골빈 악동의 50년 변치 않는 우정의 흔적을 떠올려보시라. 그때 나는 그렇게 대책 없는 꼴통이었던 것이 좀 슬프다. 동부두 남양여인숙 보이라 빈정거리며 외젠 다비의 '북호텔' 같은 소설, 내 인생을 닮은 자전소설 '남양여인숙'을 쓰겠다고 35년을 말로만 떠들며 지금도 완성을 못한 늙은 보이 마벵이(무병이).

70년 초 소라다방에 모여 역적모의를 하던 스물을 갓 넘긴 형, 친구, 후배들-정보, 동호, 일홍, 나, 상철, 재훈, 정인, 충석, 희범, 창일, 기철, 용훈, 종호, 진표. 이들이 결성한 골빈당의 당수는 나, '마형'이라 불리던 악동들의 선봉장이었다. 실존주의 철학과 부조리 문학이 문화계를 풍미하던 당시, 약간 맛이 간 문학광들을 모아놓고 나는 낭만과 감성의 시대를 열어나가자며 엉뚱한 선언을 준비하고 있었다. 그것이 바로 〈골빈당 선언〉이며, 〈청개구리 신화〉였다.

선언문은 원고지 100매 분량으로 카뮈의 〈시지프스 신화〉에 맞먹는 기지 발랄한 나의 명작(?)이었다. 그러나 "왜 이런 명문의 선언문이 초라하게 취급을 받아야 하냐?"며 소라가의 어느 쓰레기통에 내팽개쳐 버려진 채 유실되어 지금은 찾을 수 없다. 정말 안타까운 사건이었으나 혹자는 골빈당 선언문답게 사라져버린 것이라 하였다.

이렇게 내가 쓴 초고는 반항적인 청개구리의 이야기였으나 이데올로기와 당파성을 배제한 대신 낭만적 흐름을 유지

하고 있었다. 그러므로 골빈당은 "골이 빈 사람들의 모임인가, 골을 비운 사람들의 모임인가?" 하는 근본적인 쟁점은 지금도 주장에 따라 혼들린다. "아, 욕망 앞에 혼들리는 진리여." 왜냐면, 혹자는 화끈하지 못하고 좀 비겁한 면이 있었기 때문이다.

소라가를 주름잡던 시절, 우리들의 엽기적 삶은 좌충우돌하였다. 구두를 벗어버리자 하면 모두 고무신을 신고 나와 거리를 쏘다녔고, 사르트르, 카뮈, 카프카를 이야기하고, 제임스 조이스, 윌리엄 포크너의 의식의 흐름을 논했다. 스탕달의 '적과 흑', 레마르크의 '개선문'을 이야기했고, 라이너 마리어 릴케의 '말테의 수기'를 감명 깊게 읽었다는 것 하나 때문에 한 여자를 사랑하였다.

"첫눈이 오는 날 우리 인연이 있으면 다시 만나자."며, 첫눈 오는 날을 끝없이 기다리기도 하였다. 관부연락선을 타고 일본으로 떠나는 첫사랑의 여자와 손수건 흔들며 배가 멀리 물마루로 사라질 때까지 이별을 아쉬워하던 산지항 동부두 방파제 길. 겨울 산행에서 눈에 빠진 여인을 일으키며 처음 느꼈던 사랑, 한라산 초기밭의 다시 오지 않는 2월, 설국 눈밭의 사랑…. 끝없이 만나고 헤어지면서 끝없이 쌓았던 70년대식 사랑법을 다 소개할 수 있을까.

추억을 더듬다 보니 나기철 시인과의 첫 만남이 떠오른다. 나 시인이 사랑하던 여중생 미복이, 그 아이는 내 아르바이트 제자였다. 미복이 어머니의 죽음과 거기서 이루어진 나기철과 문무병의 만남은 기막힌 우연이었을까.

추석 전날 저녁 무렵이었다. 하역작업을 하던 화물선에서 쌀 열 가마가 바다에 떨어졌다. 선주는 우리 동네 해녀들에게 부탁하여 쌀 열 가마를 건져내면 한 가마를 주겠다고 했다. 미복이 어머니는 추석 제수를 마련하려고 위험을 무릅쓰고 바다에 들어갔다. 하지만 쌀가마에 줄을 매고 나오다 숨이 막혀 배 밑창에 붙은 채 빠져나오지 못하고 운명하고 말았다.

어처구니없이 미복이 어머니가 돌아가시던 날 밤. 하늘을 보며 한숨을 쉬던 나기철 시인은 고등학교 1학년, 나는 재수생이었다. 둘은 술집에 갔다. 막걸리를 마시며 울었다. 사랑은 그런 거라며 술을 권하던 나와 기철이. 그때부터 50년의 우정과 낭만을 이어왔다.

우린 그렇게 맹목적이었던 따뜻한 계절이 그립다. 아낌없이 주고받던 사랑, 소라다방과 여명실비집 주변을 돌며 무진무진 마시던 술, 이백과 두보, 도연명, 백낙천, 소동파, 이상은의 한시를 외며 마시던 술, 한라산 아흔아홉골 흐르는 물에 발을 담그고 일주일 내내 술을 푸던 회수일음삼백배(會須一飮三百杯)를 어찌 다 이를 수 있겠나.

골빈당의 소라다방 시절은 그렇게 계속되었다. 당시 내 문학의 발상지는 〈토요구락부〉였다. 토요일마다 만나서 문학을 이야기하는 모임을 만들자고 김시태 교수가 제안하여 교수를 따르던 문학청년들이 모여들었다. 김병택, 고시홍, 문성숙,

문무병 등 제주대학 국문과 출신의 시인, 소설가 지망생들이
었다. 아직 등단을 못 했던 시절, 희곡을 쓰는 내 친구 장일홍,
정순희, 김진자, 강영희, 교육대학 초등학교 교사 시인들이 같
이 동인 활동을 하였다.

　　이들은 문학적 성향도 달랐다. 학구파 김병택, 달변과 광
기의 장일홍, 문무병, 실전파 고시홍, 엉뚱한 김진자 등이 떠오
른다. 끝없이 달아오르던 문학논쟁. 아무튼 이 모든 것을 골고
루 지닌 김시태 교수는 문학의 수장이었다. 어느 날 김시태 교
수가 "야, 무병아, 넌 꼭 헤세를 닮았어, 저 뿔테 안경도 그렇고
말이야."라고 추켜올리자 그때부터 나에겐 또 하나의 별명 '헤
르만 헤세'가 붙었고, 나는 헤세처럼 군림하였다. 정말 아름다
운 시절이었다.

　　그런 시절이 있었기에 나는 연극이니 문학이니 민속학이
니 하며 정말 바쁘게 살았다. 1990년 김시태 교수가 주간으로
있던《문학과 비평》의 신인상을 받으며 시인으로 활동을 시작
하게 되었다. 나의 스승은 또 한 분 계시다. 1985년《민족과
굿》에 장편 굿시 '날랑 죽건 닥밭에 묻엉…'을 발표했을 때, 백
기완 선생님이 어느 누구보다 좋은 시인이라 극찬해 주셨던 일
을 잊지 못한다. 이렇게 시인의 길로 들어서게 해 주신 두 스승
의 인연을 지금도 고맙게 생각한다.

　　이제 나는 '낭그늘'에서 쉬고 싶다. 낭그늘은 시원한 나무
그늘이고, 낭만의 그늘이다. 미학의 명제인 '흰그늘'이며, 한라

산과 바다, 제주의 빛깔, '파란 그늘'이다. 그곳에서 늑장을 부리며 천천히 세상을 바라보고 싶다. 잃어버린 사랑과 낭만을 찾아 긴 항해를 다시 시작하고 싶다. 새로운 깨어있음을 위하여, 낭만을 위하여 다시 한번 골을 비우고 싶다. 달변도 광기도 슬픔도 다 접고, 비울 것 다 비웠으니 이제 비로소 취할 수 있겠구나.

옛날 우리는 남방에서 올라오는 구로시오[黑潮] 물길을 따라 연락선을 탔고, 북방 시베리아 서북풍의 바람길을 따라 열차에 올랐다. 밤 열차 삼등칸, 삶은 계란에 소주 한잔은 잊을 수 없는 추억이었다. 그리고 제주로 돌아오는 하향길에 천재 가수 이난영의 '목포의 눈물'을 불렀고, 선창가 조천하숙 이불 속에서 잠시 언 몸을 녹였다. 사랑하고 이별하며, 연락선 선창가에서 온몸으로 손수건 흔들며, 이별 연습과 헤픈 사랑으로 성숙해진 청춘. 그리고 진짜 미쳐서, 너무 젖어서, 몸과 마음을 구겨버리고 안개 속에서 울던 날들. 그때 그 잃어버린 시간에 새긴 말술 같은 그리움은 어디 갔나.

산지항 동부두 〈남양여인숙〉은 지도에서 사라졌지만 아직도 내가 쓰지 않은 소설 속에 유령처럼 남아있구나.

| 2015. 12. |